恋爱永远是未知的

未知的

[日]
村上龙

徐明中 译

上海译文出版社

目　录

恋爱永远是未知的　YOU DON'T KNOW WHAT LOVE IS

1.

这是一个有关爵士吧的故事，但迄今为止谁也无法确切说出爵士吧的详细地点。

有人说这个爵士吧是在银座后面的小巷，有人说在六本木杂居大楼的地下室，有传言说是在纽约的东村，有人听说波士顿大学的校园里悄悄地立着一块招牌，有个传闻说是岩手县[1]某家一间门面的小酒吧，这传闻一瞬间就扩展开去了。也有人说是在巴黎的圣日耳曼教堂，或者阿姆斯特丹以北的运河沿岸。此外，还有些人坚持认为在西班牙的伊维萨岛[2]或是东京都横田基地[3]的附近。一些异想天开的人则认定是在鲜为人知的地方，要么是在北非阿尔及尔的居民区，要么是在香港九龙的贫民区，最后甚至觉得这种酒吧非人间所有，定然在于虚无缥缈的精神世界里。

1　位于日本东北地区的农业县。
2　西班牙巴利阿里群岛中的岛屿，因其丰富的夜生活和电子音乐而闻名于世。
3　驻日美军司令部的驻地。

由于提出了这些毫无缘由的诸如精神世界、阿尔及尔居民区等牵强附会的地点，使人很容易觉得那种爵士吧也许是个十分奇特古怪的地方，但又总觉得好像并非如此。

似乎是一家审美情趣和内部装潢都极其普通的爵士吧风格的小酒吧。

我正在关注和书写有关爵士吧的故事，刚辞了一家大型代理店，自己组建一个小小的影像公司，现在来到东京这家小酒吧，就是想通过投石问路的方式搜集这个故事的素材。最近有关爵士吧的传闻越传越多了。

第一次来到这家酒吧的时间是那年普降初雪的夜晚。在酒吧柜台边，我一眼瞥见身旁坐着一位系着紫色领带、年岁与我相仿的男子正在自斟自饮，于是我端起酒杯，转过脸对他招呼道："我们一起喝一杯好吗？"

那人虽然大口喝着兑冰块的科涅克白兰地，但口齿清晰，目光敏锐，并没有露出醉汉惯有的朦胧神态。

这家酒吧虽然地处银座，但其实除了比较清静之外乏善可陈，吧台边站着的妈妈桑也毫无姿色可言，一切都显得十分无味。那人称他自己也不明白为什么会一个人在雪夜来到这样冷清的地方。要知道在银座，像这样的酒吧足有五百多家。也许他原本想来这儿找一个漂亮的陪酒女郎聊天解闷，但这家酒吧竟然不谙这接待客人之道，实在是失礼，这儿甚至连几个朋友或同事喝酒笑闹的气氛都没有。

"你常来这家酒吧吗？"那名男子轻声问道。

我不由自主地点了点头。

"每周一次来这儿消遣，不过我俩跟对方说话还是第一次吧？这是因为，"我说，"我发现在这个酒吧里，客人们相互之间并不怎在意。"

"哦，是啊。我虽说也一直来这儿，但对这里的客人几乎没印象，连妈妈桑长得什么样也时常想不起来。"那名男子颇为感慨地笑道。

"其实这家酒吧还不错，光店名就蛮有意思。"我随口敷衍道。

我们两人就这样地谈笑着。我笑着和他频频碰杯，心里却有一种异样的感觉。两三年来，我从没和一个陌生人在吧台旁恣意碰杯谈笑过，而且我渐渐感到陪着他这样无谓地大笑似乎有些过分了。于是，我们转入另外的话题，说起自己的工作以及心中的烦恼。那人说他是商务顾问，收入稳定，但令他烦心的是比他年轻二十几岁的小情人却喜欢大手大脚花钱。

他道："会花钱也并不都是坏事，就像一个人喜好名车，他不用本田，而选择价格昂贵的意大利法拉利或德国保时捷，这都是无可非议的，但大手大脚花别人的钱而毫不心疼则是另外一回事。过去电视台曾播放过一部描写美国西部开拓时期的电视剧，名叫《怀俄明州的兄弟》，那个在第一集就死去的父亲曾对自己的孩子说'轻易得到的东西是毫无价值的'，事实确实如此。"

我静静地听着，深感到这位朋友确实碰到了大麻烦。他比小情人年长二十多岁，足以当她的父亲，而要让这个和他欲断难舍的女人懂得这个道理是十分困难的。于是我爽快地回答对此完全理解。接着，我也谈出了自己的苦恼，那就是我那事业合伙人的神经质。这个和我共同投资建立影像公司，且二十年来一直梦想着将来能自己制作电影的好友最近患上了抑郁症。我们公司主要购入美国独家电影销售权，业务进展比较顺利，但我经营公司的努力却不断受到那位每天来公司无事可干、只靠抄写佛经打发时间的合伙人的强烈批评，为此我非常苦恼。

我们借着酒力，毫无顾忌地倾诉着各自的心事，在短时间内似乎产生了一种从未有过的松弛之感。

"要是能去那种酒吧就好了。"商业顾问不由叹息道，"唉，这个酒吧在哪儿我倒忘了，但确实有个妙不可言的爵士吧。可是在哪儿呢？我一时想不起来。好像就在这儿附近。唔，又好像在我常去的美国东海岸，也许在纽约或者是波士顿吧。"

"你是说那种爵士吧吗？"我笑着问道。

"是的，那种酒吧能给人带来生命的活力。酒吧里有着悠扬的钢琴三重奏，悦耳的女声独唱，偶尔也会突然传来美妙的银笛声，让人心旷神怡。每当我头脑太紧张时，我就去那儿消磨时光。那种酒吧，真令人怀念啊。"

"怀念？"

"嗯，现在听爵士音乐也许不合时宜吧？爵士音乐的含蓄和矜持已不再流行，演奏爵士音乐时那种气氛朦胧，温馨可人，即使一人独坐也不感到寂寞的场景，也不会再有了。"

他对爵士音乐的见解我完全理解。过去，爵士吧就像人生的避难所，尽管它不追随时尚，也没有和女人调情的陋习，但那魅力却难以言喻，即使一名歌手也能以甜美、浓郁的音色陶醉我们的心灵，它是没有飞机的年代的港湾。

那人又深深地感叹道："多么难忘的爵士吧呀，可惜再也找不到了，要能全部保留下来那该多好，那既不是我的怀旧病作祟，也不是我有历史倒退的情趣……

爱是什么？

直到泪洒布鲁斯的年龄，

你都无法明白。

失去了它，就仿佛在死亡的阴影下度过漫漫长夜。

直到你进行拼死一搏的热吻时，

直到你用双唇品尝泪水滋味时，

你还是无法明白

爱是什么。

睁着红肿的泪眼，

惊惧着无眠的黑夜，

直到发觉这只是自己一厢情愿的情愫之时，

你还是不明白

爱是什么……

　　这是爵士吧的保留歌曲。只要一听到那首歌，我就会感到心中轻轻地激荡着热血，浑身充满着别样的情感。"

　　我决定去寻找他告诉我的爵士吧。

回家的感觉真好　YOU'D BE SO NICE TO COME HOME TO

2.

纯粹的怀旧情结。没有飞机的年代的港湾。灵魂的避难所……凡是去过那种爵士吧的人，都会用各式各样的比喻来形容那个令人向往的地方。

世上几乎所有的中年男子不知为何总有种种的烦恼。有的人看到自己心爱的金鱼病了，也会痛心疾首；有的人消极厌世，整天想着制造出生物武器把世界毁于一旦；有的人眼皮下突然生出一个黑痣，每到傍晚就会隐隐作痛；还有人看到自己好不容易寻觅到的古董公务包里突然滋生原因不明的霉菌……

尽管如此，中年男子大多数的烦恼仍然和恋爱有关。

我已年近四十，有了一定的人生阅历，曾经和亲朋好友几十次的倾心交谈。每当谈及女人之事，他们都会谈虎色变似的说道："女人这东西真是害人不浅呀。"这些人几乎都不是利他主义的谦谦君子，在他们所举的事例中常常充斥着骇人听闻的情节：有些男人为了女人不惜割手腕、吸煤气，甚至喝毒药。我每次听完这些故事，总觉得这些只是作秀。其实，自己的烦恼只有自己才心知肚明。

在那个传言中的爵士吧里，你或许也会见到一个彷徨不定、满腹忧愁的中年男子的身影。

我在一次经过体育俱乐部的酒吧时，正巧碰到了他。

这名男子身材修长，从外表看似乎比我年轻两三岁。他自称正在写一部小说。

"不过，写小说不能当饭吃呀。"他又补充道，"我的父母在港区[1]给我留下了几栋公寓。为了支付遗产税，我卖掉了其中的一栋，现在还剩下五栋。我把公寓租出去，每年都有很可观的收入。按照政府规定的国民所得阶层的划分标准，我应该进入了最高阶层。"

听着他这番自我炫耀，我不由产生了些许的逆反心理，暗忖道："这是个坦承自己为阔佬并以此为荣的家伙。"不过他谈起自己拥有的宾利、奥斯汀以及法拉利时，分明又带着一些自嘲的意味。

令人意外的是，他听了我从一家大型代理店辞职，自己组建一家影像公司的经历后，又天真地露出了十分羡慕的神情。

"我也快到三十七岁了。"他有些害羞地小声说道。

1　东京的地名，属高级地段。

果然，他比我小两岁。

"我觉得自己现在活得真没意思。"那人面带伤感地说道，"现在，我们国家信奉的是靠不动产来维持国家基础的方针，我也以此为生。不过，我想自己还是能写小说的。现在，世界不是进入了一个有病的人才搞文学的时代吗？"

那人似乎打开了话匣子。不一会儿，他开始讲述起一个女人和那个怀念中的爵士吧的故事。

"其实，我非常喜欢爵士乐。"他认真地说道。

这时酒吧的扬声器里传来了高亢的《街道向阳的一边》改编音乐，于是他以此为题侃侃而谈："时尚流行的是披头士，但我喜欢爵士乐。这也许是我独生子的性格使然。虽然没什么根据，但从一个独生子的身体特质来看，他不应该更热爱爵士乐吗？那音乐里有一种神奇的紧张感。说实话，我喜欢海伦·梅芮尔[1]，特别是过去的海伦·梅芮尔，她跟克利福德·布朗[2]干过，是我中学时代心中的偶像，我特别喜欢她演唱的那首名曲《回家的感觉真好》。

> 你最喜欢静静地呆在家里，
>
> 只要坐在温暖的火炉边上，
>
> 充满着快乐，别无奢求。

1　美国爵士女歌手（1930—　）。

2　美国天才的爵士乐小号手（1930—1956）。

你那迷人的气息

就是我沉醉的催眠曲，

你呀，是我少女时代所有的甜梦。

你爱我，

就是在那寒冷的冬夜，

也思念着我们之间的柔情，

爱的天空永远高悬着皎洁的中秋明月。

所以

你是那样的优秀可爱，

只有你才是我青春的偶像，

我深深地爱着你。

留在家里的你是多么的可爱，

你在我的身边，让我充满着爱的幸福……

　　你难道没有想过一个人如果没有家该会是怎样的吗？所以，我喜欢像海伦·梅芮尔那样的女孩。我现在有的是钱，还拥有名贵的法拉利跑车，身份一定不低吧？我原以为现在年轻，正好吸吸毒品什么的，所以不打算受女人的束缚。但是，我无意中还是碰到了一个特别的女人。她是一个十分像海伦·梅芮尔的日本女孩子。有着略带嘶哑的嗓音，娇羞的面容。起初她待我是一腔的柔情，我喝得酩酊大醉也不责怪我，甚至对我百依百顺，她在表面上可以说把海伦·梅芮尔学得惟妙惟肖，但一旦两人关系稔熟了，她就变成了特别可怕的女人、醋意十足的悍妇。她不再是往日那个温柔可爱的女人了，甚至没有敬老爱幼的起码良心。她不再视我为共同生活的亲密伴侣，而是当作时刻猜疑、提防的对象。那个女人的理想就是世界上只有我和她两人，至于父母和孩子，则和她毫无关系。那时为了逃避她的折磨，我只得到朋友的公司里去帮忙。

那是家小小的出版社，制作出版旅游指南之类的书籍。我就是那时去的这家公司。公司虽小，我却对它有了感情，如果现在要我离开公司，我会难过得哭出声来的。但当时我只是想换个环境，一个人静静地生活，到了公司和众多的同事一起工作，我又对自己失去了信心，觉得自己不会干好，同时产生了一种莫名的羞怯感。就在我无法适应新的工作环境，甚至准备在公司里割腕自杀的时候，突然听到了母亲病危住院的消息。我的父亲很早就死了。这次母亲身患癌症，在医院里住了很长一段时间。就在我母亲病情日渐危重的时刻，突然一天，那个女人来到了医院，走到了我的身边。"

他的"海伦·梅芮尔"出现了。

"她并不是来看望母亲或是和我重修旧好的，而是对着鼻子里插着氧气管的病危母亲大发雷霆：'你错了，你的儿子为你浪费了宝贵的时间。如果不是为了你，你儿子的努力会给我带来几十倍的幸福，现在都被你的病白白耽误了，现在你儿子连思考这些重大问题的时间都没有。'这个女人的蛮横无理引起了病房内极大的恐慌。我母亲气得当场就要拔掉氧气管自杀，病床边的医生瞪大眼睛，惊愕得说不出话来，我的亲友实在看不下去了，纷纷站出来怒斥她的恶行，平时待人和蔼可亲的护士也吓得忍不住哭出声来。"

"那你们后来分手了吗？"

"我终于和她分手了。但母亲亡故后我又和她交往了一年，说心里话，我还是很喜欢她的。其间，我还遇见了别的女人，那是个性格和她完全相反的女人。其实我并不喜欢那个女人，只是想找一个和她完全不同的老实温顺的女人，换一种感觉。就在我和那女人幽会的一天，她突然走了进来。不过并没有发出河东狮吼，只是表现出一种罕见的沉默。这两个女人同室相遇，却并没什么异样的反应，似乎同时低头俯视着地板，久久不发一言。为了逃避这种尴尬的局面，我急忙奔到室外，去了那家爵士吧。我现在还记得很清楚，那家爵士吧是在横滨一带。那是个浓雾弥漫的夜晚，我信步走进酒吧，一个歌手正在声情并茂地唱着歌。歌手的面容已经想不起来了，但她唱的正是我魂牵梦萦的《回家的感觉真好》。在倾听这首歌的同时，我不知为什么突然想起母亲活着时的慈容，以及我的海伦·梅芮尔和我初恋时的那种难言的柔情，于是，我忍不住在酒吧里流下了滚滚的泪水。"

"这个仿真的海伦·梅芮尔究竟是个什么样的女人呢？"

"她说她是个女演员，我说自己是个小说家，也许我们两人的心意还是相通的……"

那个富家弟子带着缱绻的表情说。也许直到现在，他仍然爱着那个海伦·梅芮尔。

什么是新的？　WHAT'S NEW?

"和过去相比，为什么感觉不一样？"我对着他认真地发问道。

　　他是个音乐家，过去我还在那家大型代理店供职的时候，曾经和他有过几次合作。他的专业是现代音乐，却擅长改编用于电视广告片的音乐，这是现在他的主要收入来源。在当今音乐界内，他作为第一高手而名闻遐迩。

　　差不多十年过去了。我没想到这次竟能在南青山[1]的一家意大利面馆和他邂逅。这面馆主要面向年轻人，品种丰富，供应着近五十种通心粉和色拉。店内灯光明亮，宛如白昼，顾客在用餐的同时还可惬意地欣赏着稍加改编的爵士音乐。

　　"不知为什么，我总有一种硬硬的感觉，虽然基本上能接受，还没到疙疙瘩瘩难以忍受的程度。"他缓缓地回答了我的

1　青山是东京的地名，精品商店的集中区域。

问题。

他的回答使我一时难以理解。是就面馆的氛围而言？抑或是评价通心粉的滋味？还是谈论正在播放的爵士音乐？

和他这次见面颇有戏剧性。那天我在路上突然产生了想喝杯啤酒的念头，偶然走进了这家意大利面馆。没想到一进门就看见他正坐在入口附近的一张餐桌边吃面条。面条里放了很多蘑菇，上面还浇上一层厚厚的奶油汁。这样的食品看一眼就没胃口。

"啊！"他一见我就惊喜地叫出声来，向我招招手，又指指同桌的另一把椅子，邀我一起用餐。于是，我不顾女招待露出的鄙夷的脸色，简单地要了一杯店里现制的生啤。

谁知刚入座不久，他就发出了这样深沉的感叹。

什么是硬硬的？难道是指这家店的通心粉面条吗？

他似乎看到了我心中的疑惑，摇头道："不，我不是这个意思，这里的面条倒是十分柔韧，非常好吃，我指的是人的情绪。"

哦，原来如此。我一下就想到了店堂里播放的爵士乐。

他的感觉十分灵敏，又摇头否定了我的想法："你又猜错了。不过这首《忧郁又多愁善感》改编得实在太糟糕了，就是原创者康特·贝西[1]听了也会大吃一惊，如果现在他在这儿听到这首曲

---

1 一译"贝西伯爵"，美国爵士乐钢琴手（1904—1984）。

子，一定想不到这是自己精心创作的名曲。”

他的解释我还是不满意。刚才你不是说人的情绪吗？为什么说人的情绪是硬硬的呢？

他苦笑道："请不要误会我的原意。我并不是无谓的叹息，而只是表达内心的一种感觉。也许你对我的疑问本身就发生了偏差吧？"

他这样的口吻使我不由想起了往事。那时他是我这一行业中最权威的评论家，他写了一本介绍意大利里维埃拉海味餐馆的导游册，从法国的圣特罗佩写到意大利的热那亚，被译成法语，甚至在法国当地也引发了热议。

"那么你为什么会来在这家意大利面馆吃饭呢？"

"唔，问得好。这才是你我见面后应该最先提出的问题。看看窗台上的本杰明树[1]的盆栽植物吧，还有那白色的墙壁，带花纹的磨砂窗玻璃，方格条纹的台布。"

嗬，都是意大利产品。

"你要是一样一样地看，这些确实是意大利货，但尺寸、间隙等细节却作了很大变动，意大利通心粉太粗，是面条和白菌[2]的混合物。再说这面条的名称也不对，味道更不正宗。尽管如此，大多数顾客并不知情，依然把它当作意大利通心粉。听说二次大

---

1 又称小叶橡胶树。叶和茎均含有有毒的牛奶状树液，可引起皮肤疼痛肿胀。

2 意大利语 fungo bianco，白蘑菇的意思。

战结束之前布拉格还有一家中国餐馆，最近由于中苏两国的争斗，整个捷克已经没有一个中国人了，可那家餐馆后来的厨师们虽然不知道什么是正宗的中国菜，却依然胡乱地制作中国式的春卷和饺子滥竽充数。你再看，这里天花板上吊下来的灯具确实是意大利货，但真正的意大利面馆不会这样白天也大放光明，即使你去迪士尼乐园的意大利馆也绝对见不到这样的情况。另外，我也想问问你，你怎么也会来这家面馆的？你不是说一直喜欢清静，连吃京都的甲鱼、布雷斯的小鸡都嫌闹的吗？"

我现在从事的是艰苦的影视录像制作工作，不再跑过去那些广告商的高级办公大楼了。再说我走累了，人又渴，确实想喝杯啤酒解乏。

"噢，那也是没办法的事。"他停止吃面，轻轻地叹息道。

接着，他压低嗓音，对我道出了一个惊人的秘密："其实，我来这儿真正的原因是看见了那个女人进了这家面馆。她叫庆子，在一家唱片公司的宣传部供职，是个标准的美人，为人温顺，说话柔和，再加上那高耸的乳房和丰满的臀部，只要和她一接触定会产生销魂的愉悦之感。她是近乎达到我们国家现在的无形文化财产标准的绝色美人。三年前她成了我第四个情人。她知道我已结婚，也知道我有其他的情人，但她很乖巧，就是一个月不见面不和她打电话，她也不会有怨言。而且她循规蹈矩，除了我从不和其他男性亲密来往。只要我一叫她，不管多晚她都会精心化妆，衣着靓丽，来到我的住所。她通常都穿黑色丝绸内衣，这样会更给我带来悦目的感觉。不久，我又有了第五个情人，是个极端任性的女人，为了哄住她，我花费了大量的时间和精力，不得已冷落了庆子，这样的情况足足持续了半年。庆子依然老老实实地等着我，没有半点怨言，你说这样的女人是不是最理想的情人？"

"这样的女人真是太老实了。"

"不，你说得不对，这不是太老实的问题。实在是她的心地太善良了。她是个为了无耻又无自制力的臭男人甘愿牺牲的女神。不过，我的恶行似乎并没有对她造成什么刺激，她对现状总是抱着逆来顺受的态度。而我，正因为她的忍让，反而认为其心可欺，无情地抛弃了她，我竟然把这个女神当作可有可无的玩物。"

"真是作孽啊，你这样是要下地狱的。"

"是的，我现在已经掉进了地狱。哦，不要误会我的意思，我并不是要说失去的东西总是最珍贵的宝物之类抽象的话语，而是确确实实地在四天前，我看到庆子和一个男子进入了这家面馆，他们两人亲密地挽着胳膊，深情地相视而笑。"

"这是为什么？难道这个温柔贤淑的美人也有了新的男友吗？"

"就在我见到庆子和她新男友的那个夜晚，我来到了一家至今想不出具体地址的神奇的爵士吧，有个女人在唱：

久未相见，你还好吗？

身影是否依然如故？

不论怎样描述

你总比那时更有魅力。

传闻已悉，我心依旧。

你和新人该是如何的快乐？

分手之后，音讯杳无，

望穿秋水，不见君影，

我多想和你再次相逢以慰寂寥。

久未相见，我心依旧。

对不起呵，相思切切，

从那时到现在

你我宛如相隔银河，

突然对你发出心语，我深感歉疚，

当然你未必知道我此时的情思，

但我要你早早地明白，

我的感情永不会变，

还在深深地眷恋着你。

不过我不再寂寞，

不再寂寞

因为我现在不再是孤身一人……

　　我听着那首歌曲，深深地明白我在庆子的心中已经消失了。而那个新男人的适时出现，填补了我和庆子断绝来往后留下的空白。我仿佛在瞬间又回溯了那段流逝的时光。往事如烟，覆水难收。他们两人到底交往了多长时间，我茫然不知。我感到过去的一切就像两个小时的电影浓缩在两秒钟里，直接进入我的脑海，我直接地洞悉了其中的底蕴，它清楚地告诉我，作为这场电影里的角色，我已完成了自己的使命，只剩下死亡这一条路了。因此，我必须一直呆在这家面馆，向庆子表明我还活着。"

　　他为了等庆子，在这家意大利面馆吃难以下咽的通心粉面条已连续三天了。我最后问他如果真的遇见了庆子，打算怎么说呢？他脸色苍白地道："只能说'好久不见'吧？"看来不管那个庆子姑娘如何反应，他这个角色是必死无疑了。

杨柳依依，为我而泣 WILLOW WEEP FOR ME

4.

从没经历过失败和挫折，深受大家的好评和信赖，比谁都勤奋工作又比谁都有贪欲——我的朋友 K 就是有着上述特点的男子。这个人尽管意志坚强，充满自信，一切工作都能出色地完成，且能在芸芸众生中令人羡慕地脱颖而出，但是，他也有不安和胆怯的时候。

　　电话是在一个星期六的上午打来的。那时我正在观看去年的全英高尔夫公开赛录像。录像里，卡卡维奇亚和格雷格·诺曼两人手握高尔夫球杆并排站列着。我凝视着两人的姿势和表情，心想要是让他们以命相赌，进行长距离的比赛，究竟谁会取胜呢？就在苦苦猜测的时候，电话铃突然响了。我急忙拿起电话，话筒里传来了 K 的声音："是我，你还记得吗？"

　　我和 K 是在去年年底的中学同窗会上时隔二十年再次见面的。我之所以不问其名而知道是 K，主要是因为他的话音中带有浓重的英语腔。

K 大学中途辍学去了美国，此后从加利福尼亚大学转入麻省理工学院，专攻地球物理专业，毕业后进入了一家拥有国际石油资本的著名石油勘察公司。在彻底掌握了电脑操作技术之后，他又转入美林公司[1]。

在去年的同窗会上，K 踌躇满志地笑道："我没想到探测卫星所提供的地表构成分析和这五年的道琼斯平均股价的推移分析有着如此重大的关系。"

三年前，他离开美林公司，作为独立的证券分析师在纽约证券市场确立了第一流的地位，最近又被日本的大证券公司重金聘为高级顾问。

"为什么没声音，是电话坏了吗？" K 急急地问道。

我忙回答没有这回事。其实，在中学时代我俩的关系并没有如此亲密，不过 K 是个对任何事都特别积极的人，尽管他没有参加过什么体育俱乐部，给我的印象却是对体育项目样样在行。

"你现在在做什么？"

"我在看高尔夫的录像。"

"是高尔夫的练习课程吗？"

"不，是去年的全英高尔夫公开赛。"

"是诺曼那小子输了。"

---

1 美国华尔街著名的投资银行。

"是的，最后获胜的是卡卡维奇亚。"

"诺曼这小子很厉害啊。尽管卡卡维奇亚赢了，但给人留下最深印象的还是诺曼，三年前的高尔夫大赛情况也是这样的。"

K 说到这儿，话音突然变得微弱了。

我趁机试探道："这句话也许不该问，你来电话是不是因为心中突然感到有点不安？"

他沉默不语。

我又问："在同窗会上我曾和你谈起过，去年我刚组建公司，又很不妥当地借了大量的贷款，只要一想起这事，我顿时就会坐立不安。你的不安是否也是这样呢？"

"不是。"他轻轻地回答。

"也许我这样对你说有点怪，但你突然产生不安的感觉应该也算是正常的。因此建议你去洗个热水澡，或者吃点东西，也可以睡个午觉，这样对你消除不安很有好处。"

"我全知道，你说的我也全做过了。但我还是搞不清为什么会突然感到不安。要说有什么烦心事也不至于这种程度。我实在忍受不了现在这种生活状态。"

我没想到他竟然会对我说出"生活状态"这种话来。

他在电话里又道："也许我现在说话听上去还挺平静的，但这只是因为我在跟你说话。你不知道我目前的情况有多糟，只要放下电话，一定会坐立不安，甚至手拿着白兰地酒瓶都会发抖。为什么要给你打电话呢？主要是因为在去年的同窗会上，你对我一直抱着等距离看待的态度。什么是等距离，明白吗？"

"不明白。"我老实地回答。

"在同窗会上我自豪地谈起自己拥有私人飞机，你一定记得我说过星期天自己驾飞机去佛罗里达州消遣，遇到长假还飞到加勒比地区度假的话吧？当时许多同学听了反响很大，有人对我表示敬意，也有人表面不说，心里却充满嫉妒，只有你对我抱着既无敬意又无嫉妒的等距离的超然态度。当然我的话可能不确切，这仅仅是一种比喻而已。"

"难道你的不安和爱情无关吗？"

"是的。老实说，我对今天不安的原因是很清楚的。"

"是什么呢？"

"我自己也讨厌这种因过度兴奋而造成的心脏负担。首先要说明这不是同性恋引起的，但我确实有异常的性的嗜好，当然还称不上犯罪行为。现在美国也流行这种手淫的游戏，而日本在这方面更加开放，只要有钱就能得到无限的快乐。"

我尽管不知道他具体讲的是什么，但我听得出他讲述时的异样语调。

"我玩这种游戏实在是过了头。从昨晚开始连续不断地玩了十六个小时。我明明知道这种游戏的后果，但身陷泥坑不能自拔，反而拼命地训练自己如何在心理医生面前寻找自我辩解的理由。尽管如此，我的内心还是难以克制地产生了自己似乎临近发疯的那种不安和恐惧。在纽约那儿有一家很好的爵士吧，过去每当我突然产生难以克制的不安时必去那儿，但它究竟在什么地方我已经记不清了。也许在一种非理性的精神状态下，有时甚至连具体的场所也会想不起来的吧？"

"那儿有女歌手唱歌吗？"

"你也知道啊？"

"我没去过，但那种爵士吧是听说过的。"

"我总是去听那首关于等距离关系的女声独唱。"

"那是首什么歌曲？"

"《杨柳依依，为我而泣》。那是对细柔的柳枝抒发自己的情感。

　　　　杨柳依依，为我而泣。
　　　　代表我的心声，为我悲泣，
　　　　嫩绿细柔的柳枝在风中摇曳，
　　　　憔悴的人影随风而逝。
　　　　残梦已无处寻觅，
　　　　夏天的花季在我心中消失。
　　　　风在低声叹息，
　　　　那罪恶深重的情恋往事。

我为那远离故乡的女人

在后悔、痛惜。

夜也悲啼，

灯火已尽的漫漫长夜

仿佛听到所有的人都指责我对你的薄情无义。

轻摇的悲伤柳枝哟，

如果对我怀有同情之意，

请低垂你那嫩绿细柔的枝条，

和我一起，

用枝叶把我的人影轻轻遮起。

请用你那迷人的风姿

放声为我悲泣……

歌词就是如此。要是东京也有那种爵士吧就好了。"

K 说完后沉吟半晌，挂上了电话。他最后的话语中透露出他认为东京也有那种爵士吧的意思。我想， K 一定会亲自去寻找的吧。

你那微笑的浅影

THE SHADOW OF YOUR SMILE

5.

"我已买下了那栋小屋。"此时他正站在银座一家饭店地下室的会员制酒吧吧台前，"它在夏威夷毛伊岛的卡帕陆亚湾，是一家高尔夫球场的小屋，里面有两间卧室。"

　　那是一个冷风嗖嗖的夜晚，当我听到那个男子说出这样的话语时，不由想起了自己曾两次去毛伊岛摄影的情景，那儿的碧海蓝天令我至今难以忘怀，于是对那人的羡慕之情油然而生。那人和我年龄相仿，都是将近四十岁的光景。

　　进入这家酒吧时，只要轻轻一按门铃，门扉即会自动打开，虽说是饭店的地下室，但酒吧内部各类设施一应俱全，展现出超高级的豪华气派。装潢由著名的设计师精心设计，侍者们都是特意从银座的各家高级酒吧招聘来的。这家酒吧以极端势利而大获成功，会员的身份和名额都受到极其严格的限制，所以不会在青年人的杂志上登广告，也不接受在酒吧内摄影。这样的酒吧里充满着现在日本也颇为罕见的"封闭式俱乐部"的氛围。

像我这样的无名青年摄像师，在这样的情势下站在吧台前，当然显得极不自然。但我和这家饭店的经理一同去过欧洲，那时也不知出于何种原因鼓起了勇气，请他推荐我做了这家豪华酒吧的正式会员。

其实我并不喜欢这家势利的酒吧，只是觉得它适合我洽谈业务。像我这样小小的影像公司在如此豪华的地方招待客户，可以很容易得到他们的信任。

今晚我并没业务洽谈，而且公司内部会议也提前结束了，于是我利用余暇时间信步来到这家酒吧。我来此不是为了满足虚荣心，而是想悠闲地领略一下这儿大理石吧台的气派和那些老年侍者沉稳优雅的风度。就在这时，我很偶然地发现吧台前站着那位说话的男子，他也是孑然一身，但不像是在等人。

那人对我客气地问道："请问你在等人吗？"

我摇了摇头。

"那么我们随便聊聊可以吗？"

他的话语中显然含有自己的用意，但现在的男子特别讲究礼貌，即使有所企求也含而不露。

他道："我现在主要从事开发个人电脑的办公自动化工作。由于现在电脑的性能大为提高，再大的企业也无需过去那种大型的办公电脑，使用小巧的个人电脑就完全足够了。因此，我具体的工作就是进行办公自动化的电脑设计和配置。"

"哦，明白了。"我轻轻地点点头，问吧台要了兑冰块的苏格兰威士忌，他也要了兑冰块的马提尼酒，两人啜着酒，开始慢慢地闲聊起来。

"噢，请不要误会，我并不向你推销办公电脑。"那人有点不好意思地笑了。我对他的笑脸抱有某种好感，因为我总觉得这种略带羞涩微笑的男子是值得信赖的。为什么会这样想呢？这也许是我少年时代的记忆所起的作用。我很小的时候就知道，一个喜欢在别人面前自吹自擂的人是决不会害羞的。

于是，他讲起了那栋小屋。

他问道："你喜欢打高尔夫吗？"

"水平很差。"

"毛伊岛的卡帕陆亚一带风景特别的美，我去那儿玩过几次，当时就想，要是能长期住在那儿就好了。所以，最后就下决心买了这栋小屋。"

其实我也去过那儿。他能在那样的风景区买房真让人羡慕。

"买那栋小屋花了五十五万美元，和日本相比也许还算便宜的，但我当时确实是一时冲动买下的。当然，也算物有所值吧，那儿的景色的确迷人，站在小屋的露台上能看到鲸鱼在海中嬉戏。"

听了他的一席话，我的心中有些不以为然：口头上说是一时冲动买下了小屋，其实不就是想在我面前炫耀吗？从面部表情就能看出这一点。当然，我觉得他还不算过分，不像有的男人，一旦碰到高兴的事就会得意忘形，借着酒意在别人面前肆无忌惮地从胸袋里掏出自己的别墅、游艇以及情人的照片。

他似乎并没有察觉我的情绪变化，径直说了下去："我一直没有结婚，究竟是什么理由自己也不清楚。但是，我和一个女人有过近十五年的密切交往。那个女人也是独身，自己有工作。她不是一般的职业妇女，而是专门教授剪纸制作的手艺人。我和她每年一起外出旅游几次，平时定期约会。我们虽然过从甚密，但绝口不谈结婚的事。这也许是我过于胆怯的缘故。不知你对这事是怎么想的？"

"为什么不提结婚的事我明白，是因为觉得结婚不一定会带来幸福。"

"真不好意思啊，对你说出这样奇怪的话来。她那个人还是挺好的。我作为一个负责的男人，在男女关系上也一直是非常认真的。自从有了她，我就不再关注其他的女人。不结婚也可能有其他的原因。我的哥哥和一个年纪很轻的女人亲密交往五年多结了婚，结果半年就离异了。也许和这件事有关吧？"

"哦，你这么一说，我就明白了。"

"她和我相比似乎对什么法律、制度更不在乎，常说：'我们一直保持这样的关系不是挺好的吗？'但从几年前开始她就给我增加了压力。她也喜欢打高尔夫，常对我说，要有机会经常打高尔夫该多好啊。"

"所以你就买了那栋高尔夫球场的小屋?"

"是的。去年年底我特意带她去了夏威夷的毛伊岛,并买下了卡帕陆亚高尔夫球场的那栋小屋。那次连玩带买房整整花了一个月的时间。我们两人第一次在那儿共同生活了一个月。那时她显得特别开心。"

"那她还有什么不满意吗?"

他神色忧郁地回答:"她没有什么不满意的。卡帕陆亚是专为退休老人开辟的生活区,各类设施相当豪华,而且特别安静。美中不足的是那儿是夏威夷,打开电视全是英语节目。我和她都不懂英语,看了半天也不明白。我们在那儿每天打完高尔夫就去看大海,吃完饭就看书。两个人生平第一次看了这么多的小说和散文。她还擅长烹饪,每次做的饭菜都特别可口,但这样的好日子没过多久。有一天,大概是在那儿待了两个星期之后吧,我突然发现她脸上的微笑显得有些可怕。"

"可怕?"

"不管我怎样请求,她就是不告诉我其中的原因。当我们两人并肩站着眺望大海时,她会突然露出那种可怕的微笑,说道:'真幸福啊!'当时我完全不知道她为什么会变成这样,只感到后背直冒冷气,浑身发颤。"

"也许是她感到太幸福的缘故吧?"

"你说的不对。知道电影《矶鹬》[1]的主题歌吗?

离去时又见到你那熟悉的笑影,

但笑影在我梦中已褪去迷人的华彩。

你是我心中全部的爱,

深深地吻你,我的泪水渗透你的双唇,

今天,我们不得不分手远行,

漫漫长途,何时才有幸福的未来?

我俩的希望之星太远太高,

但我宁愿活在永恒的回忆中不再醒来

那甜蜜的一切都留存在春宵的绮梦,

你那微笑的浅影永远铭刻在我思念的情怀……

　　我是一个人在美国拉海纳[2]附近的爵士俱乐部里听到这首歌的。那天她单独返回日本,我痛苦至极,晚上百无聊赖去了那家当地人都很少知道的爵士俱乐部,在那儿听到了这首震撼人心的歌曲后,顿时如同醍醐灌顶,心中豁然开朗。其实,我和她是由微笑的浅影联系在一起的。当我俩的生活在卡帕陆亚第一次成为

1　美国影片,一译《春风无限恨》。故事讲述一位厌世的女画家和一位循规蹈矩的牧师间的恋情,曾获得1966年奥斯卡最佳原创歌曲奖。矶鹬是一种水鸟的名字。
2　美国夏威夷州城市,曾为夏威夷王国的首都。

现实时，两人的关系就戛然而止了。"

我默默地听着他的讲述，内心产生了颇多的感触：他所说的事在日常生活中真会有吗？当爱恋中的缺憾得到补偿时，情缘竟会突然幻灭，这样的情爱也是真的吗？我想说你啊只是勉强自己相信那微笑的浅影罢了，但又欲言而止。

他说到此处，终止了絮絮的话语。

道别后，他独自匆匆离店回家。我望着他那步履蹒跚的背影，一个人慢慢地啜着苏格兰威士忌，又回想起毛伊岛上那一片蔚蓝的晴空……

6

伪装

CHARADE

因工作的关系，我常去国外出差。原以为适合四十来岁男子的、能一个人静静地喝酒的酒吧到处都有，谁知这样的场所非常少见，而劳动阶层的中年男人喝廉价酒的酒店则比比皆是。至于那些华贵的高级酒吧里则必然配有颇具姿色的陪酒女郎，和那些来酒吧的绅士一起饮酒作乐。在伦敦和巴黎那些对外封闭的高级俱乐部酒吧，尽管我们也能看到有的绅士独自看着报刊，慢慢喝着雪莉酒，但这种人在此地给人一种年纪太大的感觉。

　　我在更年轻的时候，曾经一个人走进大街上各种各样的小馆子，喝漂浮着红樱桃的金酒，或者去家庭餐馆喝啤酒，或者站在卖关东煮的食摊边饮冷酒。然而，最近这些价廉物美但不能使用美国运通（AMEX）和大莱信用卡（Diners）的小店我却不怎么想去了，原因是在成为上层阶级的一员后，再也无法融入那种环境，总感觉自己在众目睽睽下一人饮酌，失去了寄意幽深、风月买醉的独特情趣。结果变成了四十来岁成年男子找不到能隐身喝酒的场所。听说由于这样的社会风气，也有人提出"那些专为四十来岁成年女性服务的酒吧还会有吗"的问题。对于这样的问题我不得而知，我确实不知道那些成年女性是否也想隐身喝酒。

西新宿有一家名叫"生命之水"的酒吧，那儿比较适合隐身喝酒。由于它原来是大饭店的酒吧，环境幽静，所以向来受到那些喜欢隐身喝酒的男人的青睐。不过，最近这一难得的氛围也已被彻底打破，那儿成了男子追求女子或是被女子追求的风月场所。尽管如此，"生命之水"确实是个好地方，那儿灯光朦胧迷离，至今还保持着矜贵脱俗的传统，看不起那些婚礼散场后来到店里的乡下俗客。看着公司科长模样的中年男子和女职员调情，说"这是正宗的鱼子酱"，劝女职员喝鸡尾酒，我既感悲伤，又有些乐趣。女职员对鱼子酱和鸡尾酒什么的似乎很熟悉，现在的女人都知道大饭店的酒吧纯粹是饮酒作乐的地方，也知道吃西餐前喝点开胃酒再用正餐的规则。那名女职员说了句"就在这儿吃饭吧"，就吃起科长买单的匹萨、色拉和三明治来。她年纪很轻，看着还不到二十岁。

酒吧里也有像我一样独自斟酌的客人。但彼此都不搭话，因为谁都不是来此借酒浇愁的，仅仅是为了喝一杯而已，所以这样的状态也在情理之中。但这时只要你稍加留神，就会知道这儿的侍者确实是第一流的，只要客人不说，那么除了为客人点酒之外，侍者绝不会主动搭话。

一个人喝酒时，往往是想着心事慢慢啜饮，在感伤的心绪被触动之前又会适时地缓过神来，往嘴里灌一口苏格兰威士忌或波旁威士忌。这种场合是绝不会思考将来的工作计划的，自己正是工作太累了才去独自喝酒的，所以未定的事项那时统统置之脑后。

在一人独酌的时候，我突然间想起了一种奇怪的现象。比如说，A是我的同事，B是我们共同的女性朋友。当听到A模仿B的口气和语调说话时，你会突然觉得B比平时更具魅力。

不妨想象一下，A是这样对我说的："B看来又失恋了，刚才打过一个电话突然哭了起来，什么原因不知道。B泪流满面地对我说：'那家伙总是这样的，我明知道他的德性还和他交往。我这样做真傻，我自己也是知道的。'"

A当然不是演员，只是出版社的普通职员。他在刚才的叙述中模仿了失恋的B所说的话，这句话就产生了非常独特的效果。我和B也有交往，所以从声音和语调上能分辨出A的模仿和B的原声的差别。"那家伙总是这样的。"当A模仿这句话时，我就想象B在说这句话时的语气和神情。"我这样做真傻，我自己也是知道的。"当A模仿B哭着说出这句话时，我也能毫不费力地想象出B当时的神态和内心，而且在这样的想象中B显得特别有魅力。这也许就是演技的本质吧？

也有换个角度的情况。假设C是我的情人，D是我俩共同的男性朋友。C对我这样说："我对D说了你的坏话，D回答说'你不能这样说他'，接着又说'他可是真的喜欢你啊'。从他的话语中，我不难看出你们男人的阴谋。但D又对我说：'你必须明白，他也跟你一样痛苦。'经他这么一说，我的心情反而舒畅了。"

C用她女性特有的柔声细气模仿了D的原话"你不能这样说他"、"他可是真的喜欢你"，C在引述D的话时显示出她愉快的心情。也许是出于对D的好感，C在无意识中运用了演技。

也许我们经常运用演技吧？我一边用舌头慢慢地品味着苏格兰威士忌，一边思考着这个问题。严格地说来，在别人目光所及的地方，我们说的和做的一切都是演技。

这时，我又想起了朋友们常提起的爵士吧。那种酒吧究竟位于何处，至今依然不甚清楚。在爵士吧里，女歌手唱着保留歌曲，歌声里充满着感伤和忧愁。一个人也许到了最后才能够理解他人。像这样的情结看来只有到了这样的地方才能平静地纾解。我至今尚未找到这样的场所，也许是因为还没有迎来真正的结局吧。

有个朋友曾对我说起过这样的事：他听说分手后的妻子生下自己的孩子，就在那天晚上去了一家爵士吧。他在那儿听到了一首名叫《伪装》的歌曲。

当我们表演无言哑剧的时候，

演技经常像孩子那样地稚拙，

甚至互相忘了对方的名字。

从那无言的哑剧之中，

我们想象过两人间的情爱。

但在人生的最高舞台上，

谁都没有真正见过情为何物，

就像是百老汇的剧场落下了催人泪下的最后一幕。

不知从什么时候开始，

无言哑剧变成了假面舞会。

我们无法忍受上了弦那样紧张的时间折磨

终于各自戴上面具，说出了内心的真情。

假面舞会结束，

最后的灯光也已熄灭。

借助自鸣琴中残留的微弱音乐，

借助这微弱的小夜曲，

只有我一人在演这无言的哑剧。

就是整个世界的灯火全部熄灭，

我发誓

对已分别的你依然心驰神往，

我将一人永远继续我俩无言的哑剧……

那个神往已久的爵士吧，我苦苦寻觅难见踪影，不知还要待到何时才能见到你的真容？

我那美丽的情人

MY FUNNY VALENTINE

7.

第一次来这家酒吧的印象很深。是一位著名的摄影家带着我慕名而来的。此前，那位摄影家对我如是介绍："在这家酒吧能喝到全日本最好的占列鸡尾酒。"

虽说并非全日本最好，但也确实异常可口。占列鸡尾酒最好是在餐前喝一两杯，如果酒足饭饱全身充满酒精之后再去喝，那种凉爽的口感一定会使已经炽热的身心大为舒坦，于是一番豪饮就超越了自己的酒量。

我和朋友约好今晚十时共进晚餐，所以我决定此前一人先去那家酒吧，品味一下口感颇烈的鸡尾酒。

此外，我还打算向酒吧老板打听有关爵士吧的事。那老板为人厚道，脸上总是带着微笑，还颇具审美眼光，店堂的装潢都是他亲自设计的，他还精通日本的古典艺术，这样的人对爵士吧的情况一定非常熟悉。店堂内轻声播放的音乐和歌曲也是老板自己选定的标准的爵士乐，所以他肯定了解东京都内高档酒吧的内情。

刚进酒馆时，可能是时间尚早的关系，顾客不太多。于是我赶紧向店老板打听道："你听说过那种爵士吧吗？"

"听说过。以前我也好几次听客人说起过这事。"老板站在吧台边肯定地回答。他的身后整齐地码放着几百瓶各种纯麦芽苏格兰威士忌，据说是他亲自去苏格兰买来的，品种之齐全也许称得上世界第一。我曾两次为制作高尔夫大赛的录像去苏格兰，但就是在威士忌的家乡也没见过威士忌品种如此齐全的酒吧。

我又问："你自己没去过爵士吧吗？"

老板一边往名贵的法国水晶玻璃杯里倒入麦卡伦，一边微微地摇了摇头。

"那些去过的人有什么共同点吗？"

"嗯，总之他们都感到那个地方确实好。但我老觉得，那些去过的人当中不少遭遇了不幸，尽管还不是交通事故、破产、自杀之类的大不幸。"

"你知道那些人的大致年龄吗？"

"年轻的在三十一二岁，上点年岁的也不过四十五六岁。"

"有关爵士吧的地点我已经知道了些。有人说在纽约、夏威夷、六本木、横滨、银座、巴黎，也有人说就在布拉格的小巷里。"

"我听到的都说是在东京，但也有个别的例外，其中一个维也纳人的故事特别感人。他是一家商社的职员,听说原来住在专门面向年轻人的酒吧街上,那儿的酒窖很有名,是经过改造的,号称'金三角'[1]。"

"是说那地方并非什么人都能去吧?"

"那个维也纳人在日本有个女人,但只是把她当木头人供着,其中详情我不得而知,听说也没怎么嫌弃她,似乎有什么不得已的苦衷。两人都是成年人,维也纳人知道捆绑难成夫妻,理智分手也许是最好的选择,于是没跟女人明说就悄悄离开日本去了维也纳。他长期住在日本,维也纳对他来说已是个陌生的城市,习惯在那儿的生活需要一段时间,所以平时也没有多想这事。但只要偶尔想起那个女人,他就觉得自己罪孽深重。虽说如此,毕竟人分两地,也不能及时联系。过了三个月,过了半年,当他觉得对方可能已经把自己遗忘了的时候,突然又发现很怕被那女人彻底忘却。此时他才醒悟到自己处事太草率,明白了一个男人应尽的责任。分手八个月后,前天晚上,他喝得酩酊大醉,早上起来还处于迷乱状态,到了公司头脑也未清醒,满脑子想那个女人,根本无法工作。他深感自己愧对那个女人,而且一切看来都已经太晚了。他无论如何也要打个国际长途向那个女人赔罪,谁知正巧那一天东欧发生了巨变,匈牙利和奥地利边境瘫痪

---

1 原指缅甸、泰国、老挝交界的一个三角地带,是世界上最大的毒品产地。

了，成千上万的人聚集在柏林墙前。他所在的不是大企业，只是家外资的小公司，电话线路很少，根本无法和日本接通电话。"

"是吗？那么他就去了爵士吧？"

"听说那天他完全没有心思工作，见电话不通，就立刻走出公司，去看克利姆特[1]的画展。当时他的心情一定很复杂，我再怎么说也无法正确地表达，虽然我能理解他为什么那样做。"

"是宗教性质的吗？"

"他告诉我自己的心出现了一个空洞，看画能修补这个空洞，这两者是正负互补关系。"

"真有那事吗？那和抑郁症患者轻易产生的感动有什么两样呢？"

"嗯，他对我说过这两者完全不同。绝不是说看名画和听音乐可以取代无法挽回的遗憾。名画的感人还有更深奥的数学和光学的因素，还有个距离的问题。看了克利姆特的绘画之后，他又去了爵士吧，只记得酒吧的女歌手在钢琴三重奏的伴奏下唱得如泣如诉，其余的他再也想不起来了。"

"他听的是什么歌曲呢？"

"这个他没说，我也没多问。"

"简直像参禅悟道，每当有所感悟时，那个爵士吧就突然出

1　奥地利画家（1862—1918）。维也纳分离派的创始人之一。作品中的人物大部分为女人。

现了。"我不由喟然长叹。店老板似乎在想什么心事，没有马上答应我。

不一会儿，店老板停止擦拭那波希米亚白葡萄酒杯，反问我道："如果你去爵士吧，最想听什么歌曲？"

"《我那美丽的情人》。"我回答。

"果然是行家。"店老板笑道。

我那心灵像金子般闪光的情人，

像情窦初开的少女，还透着成熟香艳的风韵。

只要一见到你，

我就会自然流露出愉悦的微笑，

那是充满深情和色欲的微笑。

你对于我，

不仅是倩影难忘的出水芙蓉，

还是世界上最了不起的艺术瑰宝，

你的美，超过了风华绝伦的希腊女神。

每当我特意对你倾诉衷肠的时候，

就见到你娉娉袅袅的柔弱风姿。

难道你也知道自己是个聪明的尤物，

令我楚楚生怜，倍增爱意？

但是，

请不要为我改变你的发型，

不要为我操心，保持天生丽质，

这才是对我最好的回报。

我最可爱的情人，

希望你就这样无忧无虑地生活，

我所有的时光，就是你幸福的日子，

因为我们度过的每一天

都是圣瓦伦丁情人节。

　　这时，店老板换上了查特·贝克[1]唱的这首歌。查特·贝克充满着深情和热望地演唱着。这首歌尽管许多歌手都唱过，但奇怪的是今天这首查特·贝克的歌却给我留下特别深刻的印象。

　　迄今为止，我还没有听到哪首歌像它那样带来温馨的气氛。

_____

1　美国爵士乐歌手、小号手（1929—1988）。

昨天，那些流逝的日子

YESTERDAY & YESTERDAYS

8.

"我的一个亲戚自杀了。"

说话者是我学生时代的一个朋友。他在伦敦呆过近十年，直到两年前才回到日本，在一家外资证券公司工作。

"我供职的公司是家独立的证券商，那儿的日本职员只有我和亲戚两人。我俩的性格完全不同。他是个比较内向的人，但十分好酒，我们经常一起喝酒解闷。"

我和朋友是在我公司旁边一家酒吧的吧台前开始交谈的。我们去的时间还早，酒吧里没有其他客人。朋友要了一杯纯苏格兰威士忌，一边喝着，一边慢慢地打开了话匣子。

"我的情况呢，你虽说知道，但也只是大概吧？我和美国女人结婚后想方设法进了外资金融公司，那时我的亲戚还不知在什么地方闯荡呢。他本是美军基地内商业街的一个燃料采购商的独生子。他的家庭主要靠给美军供应燃料为生，但有一段时间，不知是受到什么压力，供应的渠道突然中断了。详细情况我也不清楚。不过他的一句口头禅我至今还记得很清楚，那就是'一批有钱人，转动全世界'。"

"那句话我也常听说过，那真相是什么呢？"

"有真有假，情况特别复杂，对于不知内情的你再怎么说也不会明白。什么流动的资金、积蓄的财富就不谈了，还是回过头来说我的亲戚。他从中学时代开始就对燃料的流通领域进行了调查，什么计量标准，什么国际石油资本的七大公司，什么世界犹太人拥有的资本等等。踏上社会后，他怀着潜入敌人心脏的志向到外资企业工作。最初进入美国银行，然后又转移到我供职的公司。"

"那么，是他没干好吗？"

"别说傻话了，光就业绩来说，他足有我的两倍，作为矿产类股票的专家干得尤为出色，每月的工资将近一百万日元。"

"那他为什么要自杀呢？"

"让我慢慢告诉你吧。他至今还没有结婚，虽然将近四十，也有了喜欢的女人。那个女人我见过，三十左右，她的芳名还不能说，是一家大型建筑公司的秘书。"

"很漂亮吗？"

"嗯。她最近的情况我不知道，的确是个十分漂亮的女人，好像还没有结婚。最初他俩似乎谈得很好，又是送花，又是看电影，正常来往着，但不知为什么，听说突然间那女人提出了分手。"

"那是为什么呢？"

"不知道，连我的亲戚也不明白缘由，我就更不清楚了。再说我也不喜欢简单地下结论。一般来讲，女人讨厌男人的理由有成千上万，喜欢的理由只要一条就够了。"

"哪条理由？是最近流行的温柔体贴吗？"

"你又说错了。女人喜欢男人，只要'我要和这个男人睡觉'这一条就足够了。说实在，我那亲戚受到的打击确实够大的，他甚至还没和对方握过手哪。"

"难道失恋是自杀的原因吗？"

"不要急，听我继续往下说。那家伙不听我'趁早死心'的忠告，反而开始了一系列愚蠢的举动：他死乞白赖地缠住那个女人，希望她回心转意，甚至在半路上拦住她说话，还手持鲜花去那家公司拜访她，或者每隔半小时给她打电话。"

"那他没有对自己的无聊举动越来越感到没趣？"

"你说什么？这个只知道在燃料和矿产股票上同外资较劲的人，真是个一条道走到黑的家伙，他的行动失去了理智的制动器，变得更加不可理喻了。我知道事情真相后也很同情他，甚至也忍受了他那近乎癫狂的态度。我有好几次亲自到那个女人的公司里把他接出来。他去那女人的公司时，时常吃人家的耳光，受到对方公司经理的斥责和威胁，其他男职员的纠缠和讥讽，有时还遭到保安的殴打。那个女人甚至给我们公司的经理打电话告状，说是在自己家门口遭到他的伏击，不得已叫来了警车。"

"他就为这事自杀吗？"

"你又错了。一天晚上，那家伙突然变得十分开朗，还特地邀请我一起外出喝酒。酒桌上，他亲口对我说，他在昨天作出了一个重要的决定，对那女人已经死心了。我大大地松了一口气，经过一个月的反复折腾，他总算想通了。我问他作了什么决定，他没有回答，不过，他说出'死心了'这句话之后，人确实变得异常轻松。当我再问他什么原因时，他告诉我就在作出重大决定的那天夜晚，他去了一家具有神奇魅力的爵士吧。"

"那家爵士吧有女歌手吗？"

"当然有。他说具体在什么地方想不起来了，但奇妙的是，人一走进那家酒吧，不知为什么内心突然变得十分宁静。我那亲戚好像还在那儿点了一首歌。他对爵士乐并不熟悉，点的是披头士的《昨天》。没想到女歌手最后演唱的却是杰罗姆·科恩[1]的《昨天，那些流逝的日子》。我亲戚能说一口流利的英语，《昨天》的歌词也记得很清楚：

昨天，麻烦还远在天边，

---

1 美国作曲家（1885—1945），被誉为"现代音乐剧之父"。

今天，烦恼却近在眼前。

那一团乱麻般的难题，

突然间摆在我的面前。

但是，我还是相信昨天……

突然，我感到身体如同割裂一般的痛苦，

匕首的黑影悬在我的头上……

为什么，她的心会变得冷酷无情，

我实在难以理解。

她虽然什么也没对我说起，

但我知道，

她的内心必然在说已对我彻底嫌弃。

直到昨天，

我们的爱只是一场单纯的游戏，

今天，

我只能企盼找到安息疲惫灵魂的场所。

　　从这首歌中，他可以知道承受这样的痛苦的不仅仅是他自己一人，也许听了这样一首歌，他可以变得快乐起来。但女歌手却还是阴错阳差地唱了《昨天，那些流逝的日子》：

　　那些流逝的日子，

快乐，甜美，留下了美好的回忆。

黄金般的日子，

充满着疯狂爱恋的浪漫时光，

年轻、真实、我是多么富有，

一切都是那么辉煌灿烂。

谁知，

悲欢无常，互相依存，喜中有悲。

如今

我已失去了一切，

只能在往事的回忆中痛苦地生活。

　　这两首歌歌名非常相似，但内容和情感却完全不同。那家伙笑着对我说：'这是一个非常合适我的错误。'一个星期之后，他就用猎枪结束了自己的生命。"

　　说到此，我的朋友深深地叹息道："我的亲戚走了，留下了一个谜。"

　　为什么那个女歌手会唱错歌呢？如果没有唱错的话，朋友亲戚那个以"对那女人已经死心了"为条件的重大人生决定又会是什么呢？对于这些问题，我和朋友足足讨论了一个小时，但最终没有得出结论。

我又想起了你　I'LL REMEMBER YOU

9.

"我去了你说过的爵士吧。"电话里传来了过去的同事 S 兴奋的声音。

　　我们两人分别结束了各自的晚餐聚会，很快在银座的一家酒吧里见了面。

　　这家酒吧有个和我年岁相仿的妈妈桑。这个女人只要你不和她搭话，她除了说一声"欢迎光临"之外，再也不会主动参与客人的谈话。她了解客人的心理，善于运用"把男人晾在一边"的服务技巧。其实，不论对男人、女人还是孩子，运用这种技巧是最难的。因此，那些喜欢把手放在妈妈桑大腿上请她看手相，进而抚摸女人纤手的男人即使上银座买醉，一般也不到这家酒吧来。

　　一见面，S 就对我说道："我去过纽约了。"

　　S 是个摄影师，多才多艺，除了摄影、拍电影、拍录像之外，还能画油画，办过个展。

　　"在那儿将近一年哪。哦，我没带家人去，把他们撂在国内了。" S喟然长叹。

S比我大三岁。我们合作拍过十几次广告片和企业宣传录像，几年前几乎天天见面。

"你去纽约干什么？是工作吗？"

"怎么会是工作？我是去上学。"

"上学？"

"我上的是哥伦比亚大学。"

"学美术吗？"

"不是，我只是一个意大利建筑史课程的旁听生。"

"意大利建筑史？难道你在这方面接到大生意了？"

"我过去就很喜欢建筑，只是不想在你面前吹牛。虽然从小就特别喜欢建筑艺术，但由于工作的关系，我一直远离自己的爱好。其实，这次读书也不是因为自己年过四十后特意攒一笔钱去一偿夙愿，其中的缘由说来话长。你知道吗？从今年开始，民间也能实施卫星转播了。于是，公司要求我到美国的纽约、波士顿、华盛顿哥伦比亚特区，最后到迈阿密等各地写生。此次一个人去美国写生，不用带写生簿，带一台专业用的八毫米摄像机，见到什么好的景物就拍摄下来，然后通过卫星传送给公司。纽约你也是知道的吧？一个不速之客是没人抽空陪你玩的，大家都很忙。所以我如果只是短时间内带一台八毫米摄像机去纽约单独拍摄的话，就会落到很尴尬的困境，连个说话交流的人也没有，跟游客没什么两样。"

"所以你就上了哥伦比亚大学?"

"我的朋友告诉我那个大学现在正好有旁听生的空额。虽然美国大学的旁听生不像日本那样去不去听课都无所谓,但这样一来就会认识一些朋友。而且,不管怎么说,在纽约还是忙一点会比较合拍吧,于是我决定去那所大学。我没住饭店,住在曼哈顿区六十街一幢带阁楼的高级公寓里,那儿条件优越,是一个拥有卫星通讯资格的人的私产。公寓的房间真是漂亮极了,就像电影里见到的那样。房间里有家庭小酒吧,也有气泡浴池或桑拿浴室。房间的面积很大,足可开一个小型派对,我在那儿也举行过几次。"

"你是有意在我面前炫耀吗?"

"那儿大致可以说所有的一切都很好,换成谁都会想炫耀一下自己那段日子的舒适生活的吧?"

"我明白,特别是对女人。"

"是的,我确实是这样想的,而且特别想告诉和我分手的女人。于是我给一个女人寄了许多漂亮的明信片。哎,你还记得吗?我曾经追求过一个女人,说得再清楚一点,就是我和你一起工作时那个我俩都见到过的脸像混血儿、常常神情恍惚的女孩。"

我想了片刻,一时想不起那个女孩。当时拍广告片的现场要拍的商品种类很多,经常聚集着各式各样的女孩子,其中有模特儿、演员,还有从打零工到计时员等各类工作人员。其实我和 S

当时都没有积极主动追求过那些女孩子，要是和她们有过深交的话，不会一时想不起来。

S微微地叹息着说道："好了，她的样子连我自己也差不多忘了一半。不过我还是给她寄了明信片，谁知没多久就收到了她的回信。她在信中说'我也很想和你久别重逢，马上来纽约和你见面'。接到她的信，我不免有些担心，因为我只记得她的名字以及过去和她做爱的次数，她的容貌几乎全忘了。那天，我怀着复杂的心情去肯尼迪国际机场接她。她是坐日航公务舱来美国的，她在信中对我说，乘日航公务舱来美国一直是她的梦想，日航只有飞纽约的班机里才会出现公务舱座位比经济舱座位多的现象。她的说法是真是假我也不得而知，但从中我已猜到她也是一个国际白领了。由于事先有了心理准备，所以在机场一见面，我立刻辨出了她的容貌。她风采依旧，只是稍许老成了一些，像一个靓丽的女设计师。她身穿一件米色的羊绒大衣，显得非常合体。我俩突然相见，看到她这样的风度，我顿时觉得写信邀她来纽约也许是太轻率了。尽管心里这样想，但我在她留美四天里还是尽心尽职，当了一回出色的导游。我陪她观看了歌剧《剧院魅影》，到纽约最高级的意大利餐厅用餐，又一起听了麦考伊·泰纳[1]的音乐会，甚至让她体验了她兴奋剂，最后我还为她买了美国著名的

1　美国爵士钢琴演奏家（1938—2020）。

蒂芙尼品牌的项链。令我感到惊讶的是，她对当时和我交往的情景竟然记得一清二楚。我们是什么时候认识的，又是什么时候自然分手的，甚至两人一共七次约会和性事她也全都记得。她还说了第三次约会的具体情况：我俩在新大谷的浮屠酒吧见面，一起喝了缇欧佩佩雪莉酒，又去神田的寿司店，一边吃饭一边聊着有关电影《使命》的话题，然后再去同性恋酒吧，那儿一个女侍者对我们讲述了有关巴厘岛的事情，最后的一小时我们是在情人旅馆里玩了场'69'式的做爱游戏。在我陪她游玩的四天里，我记忆中的空白不断被她的具体讲述所填补。我这次接待任务也不算重，只是陪她住宿三天，吃饭，娱乐，再加性事，如此而已。她对我说已决定今年秋天嫁给一个比她小两岁的有钱人。第四天，她带着满足的心情回国了。她回国后的第三天，我突然间鲜明地回忆起和她第一次做爱时的情景。那天，她喝得大醉，而且身上来了月经，这些来龙去脉是我听她说了才知道的。我记起的是她告诉我来了月经时我有一种难言的冷飕飕的感觉。就在这一瞬间，剩下的全部细节我都一下子回想起来了。不知为何，我突然感到了难以忍受的寂寞。那天晚上，我东转西转地来到村里，走进那个爵士吧。

        我终于想起来了，

        这个漫长的夏季

也将在最近的第五天结束，

我那时只是孤独一人。

但我现在终于想起来了，

实现了夙愿，我就能获得重生。

那珍贵的回忆，我又想起来了。

你那悦耳的声音，如同夏日的微风，

在朝阳的沉寂中

我听到了你的笑声，

我祈愿在这第五天又能牵着你的手臂。

想起来了，

我的愿望已化作一颗耀眼的星星，

我们相约

到什么时候，再作爱的相聚，

你也想起来了，

一定会把我深深地思念。

　　这是当时酒吧里的歌手正在演唱的一首歌曲。名叫《我又想起了你》。我听了触景生情，心里感到了些许的释然，也有了新的感悟：在人世间，不仅有随随便便的忘却和无法释怀的记忆，也有无法释怀的忘却和随随便便的记忆。"

10.

久违的纽约市。近日突然遭到寒潮的侵袭，到了下午一时，气温已降至零下十五度。所幸天气转好，蔚蓝色的晴空万里无云，下水道孔口喷出的水蒸气凝成纯白色，看着非常漂亮。

我这次是来纽约签订广告片摄制的合同。我们在五十二街的日本料理店进行了轻松的洽谈，接着去六街合作方的公司办公室，在文件上签了字，这样我就干净利落地完成了全部的工作。

想到在纽约还要呆上四天，该怎样消遣取乐呢？于是我首先去买了份《纽约客》杂志，然后坐在丽思卡尔顿的赛马俱乐部酒吧里，一边翻阅一边仔细盘算自己的娱乐计划。刚过傍晚五时，由于寒风劲吹，街上和酒吧里的空气特别干燥，这时喝一杯啤酒觉得格外可口。我喝着啤酒，嚼几颗咸花生米，百老汇、歌剧院、美术馆、爵士俱乐部、电影院、麦迪逊广场花园等处的本周节目预告都饶有兴趣地看了一遍。我来纽约之后最喜欢的就是这一时刻。

《剧院魅影》要不要再看一遍？《黑与蓝》也难以放弃。如果拜托东京的代理店，说不定能把《大饭店》的票子搞到手。至于电影，务必要去看一遍奥利弗·斯通[1]的新作《生于七月四日》。《梦幻之地》看来也不错。祖宾·梅塔[2]的纽约爱乐乐团将迎来巨星毛里奇奥·波利尼[3]，演出《皇帝》一剧。还有，美国无线电大厦里经过精心艺术装饰、号称"彩虹之家"的舞蹈俱乐部也很想去一次。我还想到麦迪逊广场花园看一场精彩的职业篮球比赛或冰球比赛。只要有可能，我甚至想去所有的餐厅和体育场所，即使受到不良的诱惑也敢尝试一下。只要有钱，我爱怎么玩就怎么玩。我一心想着寻欢作乐，认为没有哪种快乐是弄不到手的，当时也许确实把所有好吃好玩的东西统统弄到了手。

　　但是，也许是人近中年的缘故吧，像十年前那样放纵无度玩个通宵的事已经难以为继了。过去我年轻精力旺，特别是在艾滋病流行之前，我常常到闹市区无节制地狂跳迪斯科，和那些妓女肆无忌惮地调情作乐，甚至到同性恋俱乐部或是性暴虐俱乐部彻夜狂欢，外面太阳高高升起，我还在俱乐部里神情恍惚地扭着舞步。

　　按照事先的约定，Ｃ准时来到酒吧。他在纽约住了十四年，

1　美国著名导演（1946—　）。1990 年凭借《生于七月四日》获奥斯卡最佳导演奖。

2　印度裔指挥家（1936—　）。

3　意大利钢琴家（1942—　）。

去年终于实现了夙愿，作为一个电影制片人开始了银幕生涯。他已结婚，妻子是德裔美国人。

C要了一杯马提尼酒，呷了一口，问道："你决定上哪儿去？"

"我想暂且这样，先到唐人街的中国餐馆去吃鱼翅和鲍鱼，然后再去听爵士音乐。不过到现在我还没找到有优秀歌手演唱的地方。"

"你们日本人都听得懂好的爵士音乐吗？"

"我们日本也有 Blue Note[1] 的分店呢。"

"只要日本的演出费高，大家就都愿意去了嘛。现在你看，纽约闹市区的爵士乐俱乐部里一半是日本游客。他们大多是乘豪华大巴士团体过来的。哎，听说每星期六莱斯·保罗[2]都要到'油腻星期二'演出，我们一起去看看好吗？听说他年岁大了，可能马上就会死的。"

"我星期五就要回国了。不过听你这么一说，我倒想起一件事。听说上一次我们在'油腻星期二'听了查特·贝克的演出之后，他很快就死了。"

我俩经过短暂的商量，决定先去位于唐人街伊丽莎白大街的海鲜餐馆吃饭，C说那儿的鱼翅和鲍鱼是世界上最棒的。用完餐

1　美国著名的爵士乐俱乐部，是全球爵士乐迷的朝圣地。
2　美国吉他大师（1915—2009）。

又去了半裸酒吧，在二十八街上，名叫"比利兹"。那儿几乎没有观光客，却集中了大群当地人，从华尔街的高级白领到海港劳动者，几乎各阶层的人都有。也许是出场费较高的缘故，舞女个个美貌，倩影曼妙，青春勃发，整个酒吧充满着香艳开放的气氛。

此时，C看到一个大腿和下腹部略显赘肉的浅褐色女人正和着卢·里德[1]的歌曲节拍疯狂地扭动着腰肢，忽然心有所动地对我说道："这里曾经有个你所恋慕的女人吧？第一次见面时，她穿着一件宽松外套，鼻子又高又尖，很有风度，她好像只喝香槟酒。真是个美人，皮肤雪白，一头金发更是迷人。"

C的话语使我想起了四五年前的往事。那时我也是为拍广告片在纽约逗留了一个月，为了消遣解闷，在这家酒吧无意中认识了那个穿着黑色宽松外套的女人。于是我足足有两星期常来这儿。当时也没有给她过多的小费，只是每晚都送她鲜花、巧克力或者女性的小首饰而已。其实，我并没有特别迷恋那个女人，而是喜欢这种每晚去纽约的最高级酒吧向自己看中的舞女送礼物的形式。但像她那样年轻貌美又出类拔萃的舞女不乏众多的追求者，于是我就有了许多竞争对手。有的人出手大方，一次给个二十或五十美元小费，有的人不惜买昂贵的羊绒套装来吸引她，还

1　美国摇滚乐歌手、吉他手（1942—2013）。

有很多男人专门包租了豪华轿车邀她去约会。

C问道："你说过，因为她一直受到众多男人的追捧，恣情胡为，所以后来你就不再追求她了。"

"差不多是这样吧，但她也太奢华了嘛。"

"你错了。一个月前，我和那个女人在东村偶然相遇，两人还说了一会儿话。她说自己是匈牙利人，为了寻找美好的婚姻生活，就是像歌曲《天堂里的陌生人》描述的那种生活世界，她先去了布达佩斯的芭蕾学校，后来靠亲戚帮忙才来到美国。她刚来时什么都不懂，亲戚生活也不富裕，所以她好像一直在这儿打工。这次她见了我，还说无论如何想在美国找个优秀好男人结婚生孩子。她说话的神情还是那样的淳朴善良。"

"我没怎么跟她说过话。"

"挺可惜的。"

"是可惜，我是不能结婚的。"

"不过要是你结婚的话，也许你会选她做新娘的。"

我决定留在纽约。如果能和那纯洁如画的脱衣舞女再度坠入情网，也许我就有机会到那个传言中的爵士吧去了。那时，我一定能听到艾灵顿公爵[1]的名作：

1　美国爵士钢琴手、作曲家（1899—1974），13次格莱美大奖获得者，1966年被授予格莱美终身成就奖。

人们都这样说，

那个女人虽然年轻，

对你的事情却了如指掌。

她已燃尽了爱情的火焰，

明眸深处带走了幻灭的阴影，

明白恋爱快到了清醒的时候。

苦涩的烟酒排遣着痛苦的寂寥，

明日的事再也不去思量，

世上的一切都已无足轻重，

一心痴想着那钻石的光辉，迪斯科的劲舞，

还有和心爱的男友一起去高贵的餐厅款叙衷肠。

人们都这样说，

但这样的评说都不正确，

你已经失去了无可替代的宝贝，惟有哭泣而已。

狡黠的女人，

就是那样……

脸贴脸

CHEEK TO CHEEK

11.

望着跳舞的人群也是一种乐趣。

在一家老式酒店的舞厅里，我尤其注意到那些老年夫妇相依相偎地跳着贴面舞。他们虽然舞步迟缓，且基本上没有任何变化，却依然乐此不疲，似乎身上的激情又得到了尽情的释放。

每当看到这种情景，总会引起我深沉的思考：那些年迈的外国老夫妇为什么能这样快乐地跳舞呢？

来到纽约后第三天，我和老朋友 S 见了面。我俩一起看了歌舞剧，然后来到阿尔冈昆饭店的酒吧。两人喝着酒，聊起有关老年夫妇跳舞的话题。过去，S 和我虽然不在同一个大学，却住在同一幢公寓，经常在一起喝酒聊天。有次他母亲突然来公寓看望自己的儿子，情急之中，S 把带来的女朋友藏到我的房间里。当天他的女朋友就在我的房间里过夜。半夜里，那个女人借口说"太寂寞了"，竟然诱惑我和她上床。我严词拒绝了这种非礼的请求，并在事后对 S 提出忠告："那个女人有问题，你还是尽快和她分手。"当时 S 正陷于热恋之中,没有接受我的忠告,但不久,他听说了那个女人主动和一个不知是律师还是医生的儿子秘密交往,这时才明白我的意见是完全正确的。

S 在二十三岁的青年时期就通过了司法考试,然后去美国耶鲁大学留学,毕业后没有回国,在美国当了一名律师。从此,我和 S 人处两地,每年通一两次书信互相致意。我只有 S 这样一个好朋友,所以非常挂念他,常给他寄京都的酱菜,他也给我送来缅因州的龙虾。

S 问道:"日本老人不跳舞吗?"

"几乎没看到。"我颇为自信地回答。因为第一个适合日本老年夫妇跳舞的场所至今没有出现。

"不跳舞的只是日本人吗?"

S 穿着一身缝制考究的藏青色西装,样子很闲适,面料的特有光泽不凭手感也知道是昂贵的羊绒。

"不只是日本人不跳。"

"中国人一定不会跳,好像韩国人也不跳。"

"那么说印度人也不跳,伊朗人和摩洛哥人也都不跳啰?"

"巴布亚新几内亚的人是跳舞的,但那是另一种形式的舞蹈。你见过黑人跳舞吗?"

经他这么一问,我只得老实承认没有见过。我虽然看到过有人按照传统的音乐,例如混合着牙买加的音乐、巴西的桑巴舞曲以及黑人灵歌的节拍，摇晃着身体，踏着舞步的情景，但从来没有见过黑人们跳贴面舞的样态。

"这样想来，跳贴面舞的老年夫妇只占很少的一部分。"

"是白种人。"

"白种人也有好多种。比如说拉丁语系的民族吧，像西班牙人、住在意大利平民区的那些人，还有希腊人，都喜欢手挽着手跳舞，这和跳贴面舞是完全不同的。至于法国人、德国人、俄罗斯人，也很少听到他们喜欢跳贴面舞。"

"那么，跳贴面舞的究竟是哪些地方的人呢？我曾经在各种各样的场所亲眼见到白人老年夫妇亲密地跳舞。譬如说，在新加坡的莱佛士大饭店，法国南部戛纳的内格雷斯科饭店，还有夏威夷的喜来登大饭店等地方，我都见过这种情形。"

"他们一定很快乐吧？实际上……" S轻轻地问了一声。

"我看他们好像都很快乐。"

"你看问题太表象了，其实情况是很复杂的，世界上的人群中，有人能快乐地跳舞，也有人不能快乐地跳舞，换句话说，有人不能快乐地跳舞就不能保持良好的关系，也有人即使不能快乐地跳舞也能保持良好的关系。这也意味着日本人以及其他绝大多数国家的人，即使上了年纪后不跳贴面舞也能很好地相处。"

"你怎么会有这样别扭的想法呢？我老实告诉你，那些喜悦发自内心、快乐地跳着贴面舞的老年夫妇到处都有……"

S不由得感叹道："啊，那些寂寞的美国人。"

我此时能够体会到S的心情。当一个人感到寂寞时，他眼中别的人也是同样寂寞的。过去，吉姆·莫里森[1]就唱过这样一首歌。

S似乎看透了我的心思，笑道："唔，那确实是一首好歌。其实你想说什么我都明白。如果要我说，所谓的跳舞，不管是贵族社交场合的跳舞，还是那些未开化人跳的扭屁股舞，都只能算模拟性交的动作吧？"

"但有的年轻人说迪斯科是一种运动呀。"

"迪斯科不是和别人没有关系吗？仅仅是自我陶醉而已。但我到现在还不明白你为什么会对老年夫妇跳舞如此感动？"

S已和一个美国女人结了婚。所以我真想问他"你难道没有和尊夫人一起跳过贴面舞吗"，但话到嘴边又咽了下去。S至今还没有孩子，他妻子身体不好，几次流产。他曾经写信告诉我这件事。他在信中这样写道："……我妻子非常沮丧，我不忍心看到她那痛苦憔悴的模样，不得已去了西印度群岛，住在当地最豪华的大饭店里，每晚总去参加饭店举行的舞会……"

什么是最好的享受？

1　美国摇滚乐歌手（1943—1971）。大门乐队的主唱。

简直像在天堂里欢度蜜月。

你虽然没有认真地说出什么，

我的心却在扑通狂跳。

我终于明白，

苦苦寻觅的竟是这样的情态。

和你脸贴着脸，

相依相拥亲密起舞的时候，

我终于醒悟，

认为自己懦弱原是不必要的顾虑。

那些不安的思绪，那些担忧的心事，

就像不走运的赌徒输得一干二净。

和你脸贴着脸

相依相拥亲密起舞的时候，

我竟然对生活充满了兴趣，

我喜欢登山，也爱好钓鱼，

但都无法和这样的情态相比，

世上的乐事都会黯然失色：

和你一起

跳着甜蜜的贴面舞。

求求你，

和我一起尽情地跳吧！

恋爱永远是未知的

你的玉臂，

你那充满魅力的一切，

总是在我身旁

闪耀着迷人的光辉。

和你脸贴着脸

相依相拥亲密起舞的时候……

　　这就是那首激动人心的《脸贴脸》。如果身临其境，谁都会
满心欢悦地尽情跳舞。就算和老情人跳舞也不会心动的只有男
人，女人无论到了几岁，只要有温暖的情怀，就会产生和对方跳
舞的欲望。此时，我真想对 S 说出自己的这种感受，但欲言又
止——因为 S 已经岔开了关于老年夫妇跳舞的话题。

再见　GOOD-BYE

12.

"那天晚上发生了一件真实的怪事。那家爵士吧的门好像突然被打开了⋯⋯"我说。

在曼哈顿上城七十一街的高档酒吧里，我和十多年的老友、电影制片人Ｃ相酌而谈。

我继续说道："据那些去过爵士吧的人说，那晚爵士吧的女歌手唱得歌声特别怪异，像毒品那样让人听了只觉得心头非常之轻松。但这怪事究竟发生在哪儿的爵士吧，到现在还是个谜。去过的人都说记不清楚了。有人说就在曼哈顿，也有人说在六本木，此外还有各种说法，什么维也纳、毛伊岛，以及银座、新宿、布拉格、巴黎等等地方。"

"像毒品那样让人听了只觉得心头非常之轻松⋯⋯" Ｃ重复了一句我说的话，突然从鼻腔里发出一声冷笑，"你自己用过毒品没有？"

"要是大麻叶的话，我在学生时代吸过。"

"大麻叶不是毒品。即使根据日本的法律，如《毒品取缔法》《大麻取缔法》，它也不属于上述范围。" C有些烦躁地说道。

看到C这样的神情，我不由暗自纳罕：他为什么会这样焦躁呢？

C深深地叹了一口气，道："我的一个直接下属也抽上了可卡因，他不听劝告，非常难办，现在每天上班都会迟到，白天也常常躲在摄影室里呼呼大睡。那家伙是熟知我工作方法的极少数人中的一个，所以现在又无法辞退他，真叫我恼火。"

"听上去很严重，但也是实情。"

C冷冷地说道："什么叫也是实情啊？"

"现在可卡因在日本也已经成为一个热门话题了。"

C又从鼻腔里发出一声冷笑："什么热门话题？我真想把那些吸可卡因的人叫做混蛋。现在日本吸可卡因的家伙该是美国的几万分之一吧？美国人都知道吸可卡因对身体不好，就是控制不住自己的喜好，只觉得吸的时候心情很舒畅。但吸多了就会失眠，甚至觉得心脏咚咚狂跳，喘不过气来，这时他才会想到以后绝对不能再吸了。可怕的是，由于可卡因很容易买到，所以不久他就会忘了教训再度复吸。在曼哈顿附近的哈莱姆区，那些干菜店似的小店的收银台都出售可卡因。此外，还有各种称作可卡吧的小店，不仅一克两克地出售经过加工的可卡因，还附带出售小碟子和其他吸毒用具。可卡因是一种想戒也难以根治的毒品。就我所知，戒毒的方法到现在只有四种。第一种是送进医院强制戒毒，但这会产生副作用，不得已接受人工呼吸，心脏暂时停止跳动，或者手脚麻痹，使患者感到十分恐怖。第二种对那些并不常吸的患者比较有效，就是让他做一些比可卡因更具兴奋感和充足感的工作。第三种是警方将其逮捕拘留，或是送到乡村疗养地和买不到毒品的地方隔离性戒毒。第四种是他真的死亡，所以没有必要再吸毒了。"

听了 C 的一席话，我不由毛骨悚然，一时难以回答。

"你难得来纽约，一见面谈这样阴暗的话题，真是对不起。" C 说着又向酒吧的侍者要了双份的伏特加和马提尼酒。这时，酒吧里面的餐厅和吧台边的客人越来越多，九成以上都穿着昂贵的羊绒西服。

"现在只要有哪个酒吧或餐厅流行起来，大家就都喜欢到那儿去喝酒或者用餐。来客点鸡尾酒，酒吧的调酒师会用欧式用语'棒极了'来应答。也许大家都会说是因为感到寂寞和无聊才来的。不过，我还是很想去你说的那个使人感到轻松的爵士吧。你也想去吗？"

我说不知道，也许多半不会去。

"那为什么？" C 瞪大眼睛望着我。

我慌忙解释道："主要是自己胆怯的原因。刚才听了你说的一席话，我想我今后绝对不会去碰可卡因了，就是和女人交往也不会越过那条红线。"

"你撒谎，什么越过红线？难道只握着女人的手就不会越过红线了吗？对有些人而言，绿茶也许比可卡因更有效果。"

也许是这样的。我暗自同意C的观点。

C又道："总而言之，这是一个道德的问题，你把道德的底线设在何处，你的情人对你是有深刻影响的。所以，既然'是否想去'已经问出口了，回答'不去'是不可能的。那样做是不道德的。"

"你在美国呆久了，说话总要讲什么逻辑性。"

"我不是对你讲逻辑性，而是讲大实话。" C笑道。

我俩暂且打住了话题。慢慢地喝起酒来。

不一会儿，C又忍不住问道："你现在在想什么？"

"我在想过去的女人。"

"我也在这样想。"

两人相视而笑，一口干了马提尼酒。 C说："先不讨论想去还是不想去爵士吧的问题了。"接着他又道，"那种爵士吧里绝对有我不想听的歌曲。那个女歌手去爵士吧时，也许就会唱那首歌曲吧？"

"是，我也有不想听的歌曲。"

其实我们想到的是同一首歌。那是在一张名叫《和克里古德·布朗在一起》的著名唱片中最后录制的由海伦·梅芮尔演唱的歌曲：

我绝对无法把你忘怀，

决不能忘了你的情意。

即使有了新的情人，

离别时也不能对你说声"再见"。

我俩的山盟犹在，

岂能转眼间随意忘却？

也许你说这是无意义的誓言，

纯粹是语言的游戏。

一切都是过去的往事，

你已把它全部忘掉。

如果你对我叹息，

清楚地告诉我对此已感到厌烦，

那我只能痛下决心，斩断情丝。

于是，一切都变得十分简单。

从今以后，

我们各自开始新的生活。

你走在令人目眩的断崖险道，

我漫步在海边低坦的小径。

虽然内心明白各不相扰对彼此都好，

但我还是不能完全割断对你的思念。

临别之时，

我想再一次和你亲吻，

"再见！"亲吻如蜜。

"再见！"亲吻如饴。

"再见！"亲吻如酒……

　　"这样的女人是最差劲的。"我俩说过这话就沉默了。因为此时我俩都在想万一在那个爵士吧听到最不想听的歌曲。

但是，对我并不合适 BUT NOT FOR ME

13.

纽约的电影制片人 C 给我介绍了新朋友戴维。在一条小街的深处有一家日本料理店，位置偏僻得让人见了会产生"客人会到这儿来吗"的疑问。

　　这是戴维开的小店，据他说每周只有周五和周六才营业。听说戴维是研究日本料理的专家，曾在京都留学四年，现担任日本驻纽约证券公司社长的临时厨师长和哥伦比亚大学的日本饮食文化讲师。他工作很忙，但始终难以舍弃自己开餐馆的理想，于是便在这最冷清的地方开了这家日本料理店。

　　戴维不仅研究和制作日本料理，也是一个富裕家庭出身的二少爷，但他好像不愿意在上城或格林尼治村开餐馆。

　　"这是为什么？"我用日语问道。

　　戴维用一口纯正流利的日语清晰地回答："在上城和格林尼治村一带有大量的日本人。这些人中既有富商和白领，也有穷学生和无业人员，他们看到高档的日本料理店会说'尽管价格高，但这是家乡菜’，便不惜代价地大吃昂贵的怀石料理[1]。但一旦看到上城还有低档的日本料理店，他们也会以同样的理由去吃大众化的猪排饭。而我恰恰不希望这样的人到我店里来。”

戴维的小店名叫“谷崎”。此名来自他所热爱的谷崎润一郎。确切地说，他的小店就在于卖古柯叶[2]和可卡因的小贩时常出没的一条小街深处，而那些日本商人、观光客和学生大多懂英语，所以都走纽约的大马路，不会到这样僻静的地方来。

那么，戴维希望什么样的客人来这家小店呢？

在戴维的店里，除了我和C还有另外两组客人。一组是一个浓妆艳抹的日本女人和她的朋友们，这个女人号称在纽约呆了十年以上，和所有不同肤色的男人上过床，尝过所有的毒品，不过现在仍在一家大银行里工作。另一组客人好像是来自北非的法裔，据说他们刚在纽约成立了分公司。

戴维见我们仔细打量身边客人的神情，不由莞尔一笑道：“你们猜得不错，这都是些没有把日本料理绝对化看待的客人。”

“绝对化？”我和C不由面面相觑。

戴维又道：“不就是绝对化的视角吗？几乎所有的日本人都没把日本料理看作是世界各国菜肴中的一部分。”

我不解地问道：“但法国人不也把法国菜看作是绝对的吗？”

1　日本料理的一种。传自京都的寺庙，崇尚简单清淡。追求食物原味精髓。
2　生长在南美洲安第斯山区，是提取可卡因的主要原料。

"他们只是认为法国菜代表了法国文化的整体，并不认为有什么独特性。法国菜中有价格非常昂贵的品种，但只是显示了法国人要把法国菜中最精华的部分让他人品尝的优越心态。而日本人的心态则完全不同，他们提高日本料理的价格不是显示优越性，却是强调它的特殊性。"

戴维的观点无疑是正确的，我坦率地承认了这一点。其后，我们继续谈论有关日本特殊性的话题，甚至具体谈到如果今后日美摩擦进一步加深，日本将怎样孤立于世界。

"这个暂且不谈。" C道，"听说戴维去过你所说的那种奇妙的爵士吧呢。"

C微笑着，戴维却羞得满面通红："我今年三十二岁。去年也去日本呆了一个月，主要是学习奈良和北陆料理。花了不少时间，只是基本弄懂了什么叫京都系列的料理，学得太少，感到有点失望。"

"你还是快说说金泽的事吧。" C性急地截住了戴维的话头。

"好的，那我就说下去。我早就听说金泽是个非常好的地方。那儿的料理和京都料理似乎是不同的概念，而且海鲜特别有名，像那些大海蟹和大海虾更是名闻遐迩。这正是我非常期盼能学到的和京都不同的价值观。由于为料理的取材关系，我在无意中和一个日本女孩相识了。"

"那一定是个漂亮的美人。" C 道。

"嗯，她确实长得很漂亮。"说到此，戴维的语调开始变得柔和起来，但他在表达上突然出现了问题，话语中乱糟糟地失去了条理性。越是想把事情讲清楚，越是词不达意。我和 C 大笑起来。

"我曾经问过那个女孩的年龄。她告诉我是女子大学的学生，现正在学习制作'九谷烧'[1]。当时我也失去了冷静，把自己的事一股脑儿地全告诉了她。我对她说家父在缅因州拥有十几家大型超市，自己是耶鲁大学的毕业生，平时喜欢运动，网球和滑雪都已达到职业运动员的水平。我上面的哥哥也是美国东海岸有名的法拉利古董车收藏家。嗯，我对她说的全部都是大实话。至于我现在所做的日本料理研究的工作，因当时觉得这种形象对她来说似乎太土了，所以想说又不敢说，因为她毕竟是个讲究时尚的女大学生。"

"你就这样对她介绍完了？" C 讪笑道。

"那个女孩对我说：'你的确非常优秀。但是，对我并不合适[2]。'总而言之，她认为我们两人不相配。我觉得这不是她个人认识的问题，主要原因是我在介绍自己和家人的情况时只知道喋

---

1 日本的传统陶瓷工艺品，被列为世界文化遗产。结合中国陶瓷工艺，使用当时的荷兰色料，并借鉴西洋流派的绘画技法，形成独特的风格与文化。基本上是手工制作。因发祥地在江沼郡九谷烧村而得名。

2 这句话的原文是英语 But not for me，即本篇的标题。

喋不休地炫耀优势和优点。实在是太不谨慎了。尽管我日语讲得很好，日本的风土人情也学到了不少，但触及人性本能的问题，我又完全是一个美国人。我虽然在这方面是个笨蛋，但还是深深地陷入情网不能自拔。于是在痛苦和迷茫之中，我来到一家奇妙的爵士吧。这家爵士吧的地点我还记得，好像就在京都的四条河原町一带。一进那个奇怪的爵士吧，就看到一个女人正在唱一首温柔的曲子。那个女人长得和《蓝丝绒》里的伊莎贝拉·罗西里尼[1]非常相像。"

世界上有许许多多幸福的恋歌，

也有美妙无比的经典歌曲，

但是，这些对我并不合适。

幸运之星在天空闪闪发光，

但是，对我并不合适。

虽然说爱情的坦途就在脚下，

我仍然把自己隐入厚厚的灰色云层里。

只当它是俄罗斯的戏剧，

切莫信以为真。

虽然我也觉得自己是个傻瓜，

1　美国女演员（1952—　　）。意大利导演罗伯托·罗西里尼与美国女影星英格丽·褒曼之女。

但我决不会改变自己的初衷。

啊，多么令人悲伤，

不论怎样痴情结果总是一样。

真后悔，

临别时，忘了和那个人亲吻，

到如今，

再也无法重新撷取当时动人的场景。

尽管我永远不会忘记那个人，

但他对我依然并不合适。

　　C听完了戴维的叙述，不无遗憾地嗟叹道："真糟糕，想不到戴维这样坦诚地使用美国人的表现方式，却仍然受到那个日本女孩的婉言拒绝。"

　　我想：单凭这点事，就能敲开爵士吧的门扉吗？不过，对于自信日本的事情无所不知的戴维来说，这件事也许已经让他深深受伤了……

如果没有你，世界将临末日

THE END OF THE WORLD

14.

"我去过那种爵士吧。"海因茨对我十分肯定地说道。

他是澳大利亚人，现任电影导演，也是纽约电影制片人C的朋友，和我有过两次合作拍摄广告片的经历。这次我俩在C位于第五大道十八街的工作室里久别重逢。

一见面，海因茨就对我豪爽地嚷道："嗨，老朋友，还记得吗？当年我通过登记目录弄到了一个中国女人？"

海因茨具有超群的影像感，是个奇人。有人说他是贵族的末裔，近亲结婚的产物，也有人说他嗜好毒品，毒瘾极大。他那一头金发和端庄的面容也被说成是败家的生活方式所养成的。在纽约市的闹市区，他有着众多的女影迷。尽管如此，他并不为之所动，反而以白种女人生性放荡的理由拒绝了那些女影迷的追捧，并按当时流行的登记目录结婚方式和一个中国女人建立了家庭。

从C的工作室可以眺望到帝国大厦，从布鲁克林区的河畔咖啡馆或者三区大桥可以眺望到曼哈顿地区，最近，我对这些景观有了新的认识。虽然世界贸易中心的双塔形建筑不愧为超高层的巨厦，但曼哈顿的高层建筑群如果没有帝国大厦和克莱斯勒大厦，那么给人们的整体印象将会减半，也许人们会感到这儿不像是纽约了。在美国大都市的闹市中心必然建有超高层的建筑群，无论是洛杉矶、芝加哥，还是达拉斯、迈阿密、新奥尔良，概莫能外，但正是有了帝国大厦和克莱斯勒大厦这两座标志性的建筑，才使纽约有效地和其他众多的大城市区别开来。

这两座大厦都是在 1930 年美国大萧条时期建造的。那时，也许是因为失业率很高和劳动工资压得很低的缘故，所以才留下了这样的旷世建筑。从这个意义上来说，迪士尼的卡通片也是在那个大萧条时期得以发展并巩固其执牛耳地位的。只有那时低廉的劳动力，才有可能完成如此精美的卡通片。帝国大厦和克莱斯勒大厦因其诞生时的特殊历史原因，至今依然卓尔不群，气度不凡。

此时，海因茨因喝了过量的威士忌和吸了其他毒品，人已露出八九分的醉意，但他依然口齿清晰地对我说道："你知道我为什么当初要和东方女人结婚吗？这事对你说过没有？"

我不知道海因茨刚才吸的什么毒品，也许是古柯叶或海洛因的作用，说话时他显然处于非常兴奋的状态。据说海因茨过去曾因吸食 LSD[1] 过量，居然对美国通用电气公司制造的冰箱产生了异

1　麦角酰二乙胺，一种能引起幻觉的危险毒品。

样的兴趣，在床上抱着冰箱整整躺了三天三夜，真是个不可理喻的怪人。

海因茨见我没应答，接着又道："是吗？我没对你说起过吗？当时就是说了，你也一定会觉得我在吹牛。后来我在维也纳又和日本一个富家千金女钢琴家交往的事，你知道吗？怎么？也不知道？我俩确实有过亲密的交往呢。是我让那个富家千金最后勇敢地离开了她那有钱的老子。日本的女孩子一般来说是十分顺从的吧？我刚和她交往时，约好是在维也纳的一个塑像前见面的。但我违反交通规则被警方拘留了，结果整整晚了四个小时才赶到那儿，没想到她竟然还在那儿痴痴地等着我。你相信吗？整整四个小时呐。如果是澳大利亚女孩子，她连四分钟也不会等，而美国的女孩让她多等四秒钟也不干。当时我真的非常感动。"

C问道："这种性格和人的皮肤有没有关系？一般来说，以大米为主食的民族，人的皮肤特别光滑细腻。而这一点，对于只知道冲动地表现自我的西洋人是无法理解的……"

说这话的C娶了一个有着一头硬性金发、手脚皮肤粗糙的日耳曼女人做自己的妻子。

海因茨顺着C的话题说道："要论皮肤的话，我觉得华人称得上世界第一。只要挠一挠汗，黏腻的皮肤就足可以拉出丝来。给我挑选女人的登记目录上主要是菲律宾、泰国和越南的女人，我觉得这些女人都带有越战的气息，所以很不喜欢。后来又发现有几个亡命在外的越南籍华人，我就选中了一个。当时这种交易十分方便，只要填上自己的美国信用卡号码就可以了。那个女人在洛杉矶，我亲自去西海岸迎接她。那天我穿着漂亮的西装，打扮得衣冠楚楚。而那个女人则站在洛杉矶凯悦饭店的大堂里等着我。她穿着中国式的连衣裙，露出两条光洁嫩滑的小腿。那天晚上我以上体位和她疯狂做爱。我高兴地嚷道：'和东方女人上床还是第一次，没想到味道这么好。'这就是我最初想对你吹嘘的话。此后一年半，我就到处为这事大吹大擂。我给那个女人取名赖莉。她对我所说的一切都深信不疑。尽管我曾经带着其他中国女人去加勒比海地区游玩，为了和在维也纳相识的日本女孩见面还特地去了东京，但赖莉还是相信我对她的感情。因此我虽然知道赖莉在自己家乡爱过一个男人，我也不怀疑她对我的忠诚。现在，我想问问你们妻子的情况。 C不用说，娶了一个德裔美女当老婆，而你的老婆一定是日本人吧？她相信你吗？"

海因茨滔滔不绝地说了一大段话，最后认真地向我提出这样一个问题。我有些不耐烦地看着他，很想对他说这种关心是多余的，但我不知道用英语该怎样表达。所以只能含糊地回答他："我的老婆不管是哪国人都无所谓，哪怕你相信她是美国人或是德国人也可以。"

接着，我又意犹未尽地对海因茨说道："其实，我对心中所喜爱的女人并无国籍的苛求，她应该是一个从小在父母的关爱下幸福地生活，在众人的呵护下健康成长的高雅女性。另外，恋爱这个概念其实是由十九世纪的浪漫主义衍生出来的，那以前虽然可能还没有登记目录这种形式，但男女之间即使没有交往也能结婚，所以女人只能相信男人。从这个意义上说，你也算不上什么特殊形式的结婚，而是特别传统的婚姻。"

"你说得对。"海因茨坦率地承认道，"说老实话，我怕赖莉，而赖莉深信我，是因为我平时待她太好了。我对她说'求求你，我们还是分手吧'，赖莉竟然像一个没有头脑的机械玩偶，什么也没说，只是默默地点了点头，便开始收拾自己的行李，然后又回到了洛杉矶，据说那儿还有她的亲戚。不久，她通过登记目录公司给我送来了离婚的文件。你别笑啊！就在那天夜晚，我拼命地抽吸着古柯叶，然后迷迷糊糊地去了那家奇妙的爵士吧，听到了女歌手正在演唱一首名叫《如果没有你，世界将临末日》的歌曲。"

为什么太阳还在放射光芒？

为什么海面还在翻着波涛？

对我来说，世界的末日已经来临，

因为她悄悄地离开了这里。

鸟儿欢唱，星星在我头上的天空熠熠闪光，

太阳、大海、小鸟、星星竟然如此愚昧，

在世界的末日依然一切如故。

虽说世界的末日已经来临，

但我再也得不到她的爱恋。

早晨，我睁开惺忪的醉眼，

惊奇地发现所有的一切都和原来一样。

这究竟是为什么？

自己和周围的关系怎会是这样？

心脏仍然在有力地跳动，

双眼清晰地看见外面美好的景色。

但我知道世界的末日已经来临，

当她对我说再见的时候，

世界的一切已归于毁灭……

15.

我说："四月，也许是使人癫狂的季节。"

但我的朋友却认为这是陈词滥调，他对此不屑一顾，从鼻腔里发出一声冷笑。

我的朋友在世界银行供职，刚从华盛顿回国，临时逗留几天。我俩便在银座一家饭店的会员制酒吧里见了面。这个酒吧陈设十分豪华，黑色大理石吧台上放着一个精致的清水烧[1]花瓶，瓶中盛开着淡雅娇丽的樱花。

我俩举杯对酌。面对着故友、美酒，我不由逸兴勃发。由于自己也刚从纽约回来才两天，还未完全倒过时差，因此才喝了两杯雪莉酒就醺然欲醉，说出了这句不合身份的老话来。

在世界银行亚洲局担任要职的朋友是我高中同学，进入经济圈子是他去美国以后的事情。以前他在日本大学里学的是比较文

---

1 日本京都的陶瓷工艺品。画法细腻，釉色丰富。因产自清水寺门前而得名。

学专业，他运用丰富的文学知识为自己构建了从契诃夫到莎士比亚、从福克纳到梶井基次郎的新颖的生机蓬勃的精神世界，于是无情地嘲笑我浅薄的见识，而且是用一种急不可耐的快口利舌，对我提出犀利的批评。我不无委屈地为自己辩解说由于时差的关系喝了两杯酒就醉了，所以看着樱花就随意说了这么一句，不应该把我的话贬得一钱不值。谁知我的话非但没有得到他的同情，反而引起他更大的反击。

"这种没有严密性的态度，正是当今日美经济摩擦的元凶啊。"朋友痛心疾首地喟然长叹，接着他又尖锐地指责道，"……正是这样的场合，就是说，银座这种非政治色彩且治安情况良好的酒吧，使你的精神完全松懈了。但美国人是无法理解这一点的，也不存在这样的情况。虽然美国人有时也会因气氛的关系随意说话或作出情绪化的判断，不过他们说话还是懂得轻重的，像你这种致命的错误，他们一定会非常客观地抓住不放……"

诚然，朋友说的都十分正确，但此时我的头脑由于时差的影响和醉酒的迷乱两者相混，越发感到沉重起来。为了摆脱这样的困境，我决意改变话题，向他提出有关传言中的爵士吧的话题，但朋友却出乎意料地突然沉默不语。

正当我惊讶之际，忽见他抬头凝望着花瓶中的樱花，喃喃自语道："难道日本也有吗？"

接着，他又兴奋地说道："我想只有在华盛顿哥伦比亚特区才会有的吧？"

一听此话，我不由蓦然一惊：他说什么？难道他也去过吗？

"虽然已经过去了二十年。"

朋友所指的二十年前该是 1970 年。

"啊，已经过去那么久啦！好像有一种奇妙的感觉，你不觉得吗？"

我惊愕地看着朋友自问自答，不知他在说什么。

朋友终于恢复了常态，道："二十年，该是一段相当长的岁月吧？可 1970 年对我来说就像是昨天一样，你说怪不怪？二十年，又是一个历史的概念。当年纳粹在慕尼黑的一家小酒馆诞生，继而统治欧洲直至最后灭亡，其间也经过了二十年的时间，它展现了一个阶级兴衰存亡的过程。但为什么我会对 1970 年产生鲜活如昨的错觉呢？这也许是我们已经上了年纪的缘故吧？哦，其实也不仅仅是这个原因，我想主要是因为这二十年是一个没太大变化的年代。"

我听着他的长篇大论，不由暗自好笑。长期呆在美国的朋友都是这样，先自己提出疑问，然后通过逻辑推理分析，自己找出答案。我心想这老兄实在太拖沓了，与其这样反复论证，不如直接把二十年前的事痛快地说出来。

朋友郑重地问道："你是否知道我过去抽大麻叶被捕的事情？"

我有些茫然地摇了摇头。这事确实是第一次听到。我一直以为他是好学生，是个潜心研究比较文学和国家风险的老夫子。

　　"那还是念大学的时候，我是在乡下被逮捕的。那时，我的一个同学是农村一家酱菜店的二少爷。他在东京买了毒品偷偷带到乡下来。这家伙一直喋喋不休地劝我尝试一下毒品的滋味，我禁不住他的诱惑，终于被拖下了水。不久，警方获悉了此事，就把我逮捕了。"

　　"为什么出了这样事我会不知道呢？那个地方又不是大城市，理应马上知道的。"

　　"我那时年纪小，还是个未成年人。所以报上只以少年A来代替我。不过当时几乎所有的同学都知道是我，只有你还蒙在鼓里，这主要是你对乡下的事情不感兴趣，你当时是个身心健全的好学生嘛。"

　　他这样一说，倒使我平添了几分愧疚。因为我年龄比他大，而且当时正和一个有争议的女孩同居，足有三年没回乡下。

　　他又补充道："你这样是身心健全的。对乡下吸毒事件了如指掌才不正常。我是在三月中旬被捕的。作为一个吸毒犯，如果不招出是谁提供毒品，或从哪儿弄到毒品的话，警方会把我长期关押起来。结果我在拘留所里关了二十多天。你进过拘留所吗？"

　　我毫不犹豫地摇头否认。其实，我曾有一次喝得烂醉跟人打架，结果被警方带到拘留所关了一夜，但具体情况已经完全想不起来了。想不起来，从严格的意义上来说也就是没有这样的经历。

我的朋友心有余悸地嚷道："那个地方不能去，就是开玩笑也不能去。在那儿，自己可使用的私人物品只是撕成一半的布毛巾，书也不让看，也不能平躺着睡觉，就是打呼噜也不准，可打呼噜是生理现象，我怎么也控制不住呀。除了这些，呆在拘留所里就是可怕的寂寞，而警方审讯你又要等上长长的一段日子。当时拘留所规定，每天只准犯人看着窗外做一次体操，但不得超过三十分钟。于是我趁这难得的机会通过窗口看到了那沿河一带的樱花树林。在拘留所那段暗无天日的日子里，我每天都要低头认罪，已经把自己妖魔化了，所以决心忘掉世俗的一切，但通过窗户，我却看到温暖的春日下，那些在盛开的樱花树下满心欢悦地赏花散步的恋人，我心中居然会充满一种难以言喻的嫉妒。这种程度的嫉妒过去未曾有，以后也没有再产生过。我被释放后，又过了四五年，终于去了美国，到华盛顿的大学开始了留学的生涯。谁知去留学的时间恰巧又是四月份。那时，波托马克河沿河一带正是樱花盛开的黄金季节。为了纾解内心的痛苦，我特意找了一个不知情的美国女孩在河边约会，一心想让自己也陶醉在迷人的花景之中。兴奋之余，我竟然情急地向她求婚，于是理所当然遭到了拒绝。那天夜晚，我百无聊赖地走进了闹市区一家奇妙的酒吧，听到了女歌手正在演唱一首令人怦然心动的歌曲。什么歌曲？那当然是《四月花开的情思》……"

总是在黄昏中彷徨，

那寂寥空虚的日子。

我们共同度过的蜜月已远远离去，

剩下的惟有伤心悲叹的每一天。

如今，

我天天孤独一人在荒径中踯躅，

这条路可曾是我俩经常漫步的林荫大道？

那四月花开的情思多么令人怀念，

突然吹来的花香使我心摇神移，

虽然只有淡淡的香气，但已使我热血沸腾。

只要在花开的时节得到她的爱，

我将一辈子沉浸在爱的幻梦之中。

这是我的一缕痴情，

并非是过分的奢求。

她的樱唇是那样的温柔，

相爱时刻的一切都是那么美好。

缤纷的花季，相爱的情侣，

都放射出夺目的光辉。

但是，

萧瑟的秋天终于不知不觉地来临。

深秋的伤悲我们还未能细细体味，

就像燃烧的火焰熊熊不息，

不知道烈火冲腾之后会化作冰凉的灰烬。

当我们才明白美好的时光犹如电光石火，

那一段快乐的日子已经无情地终止。

直到我变成孤独的人儿，

还是不明白一个人为什么会如此寂寞。

虽然命途坎坷多舛，

我还是难忘四月花开的情思，

那醉人的花香，

让我嘴边漾起了微笑，

尽管这微笑是那样的凄凉悲伤……

你、黑夜和音乐

YOU AND THE NIGHT AND THE MUSIC

16.

我和朋友曾讨论过这样一个话题：除了社会因素，人最后的快乐是什么？

　　我的朋友直到几年前还在代理店从事广告企划工作，是我的竞争对手。那时为了争夺一个客户，我们不惜以请客送礼来展开激烈竞争，结果我以三胜十八败的战绩把胜利果实拱手让给了他。但他那家代理店的业务力量不管怎么说还是处于弱势，所以广告企划做得再好也没有实行的能力，于是他除了广告企划之外，把其余都分包给别家公司，我也有幸和他合作过几次。

　　他现在的主要工作是向实施电脑办公自动化的企业销售电脑软件。他将用户细分的工作流程和操作方法输入电脑进行程序设计，结果大获成功。在引入电脑和机器人工作的时代，单纯的劳动者被赶出了原来的工作岗位。这种电脑办公自动化能取代企业中间管理层的工作职能，也就是说，以往企业的中间管理层一般由多名白领担当，从而形成了中间管理层听取现场意见，汇总后向高层领导报告的管理系统，而现在这一切都可以输入电脑，由电脑进行判断，使之成为供高层决策的材料。

朋友感叹道："现在是我们男人受难的时代。"

我俩由此得出的结论是："如果不钻现有制度的空子寻欢作乐，那是最大的损失。"

于是就产生了"对男人而言，最大的快乐是什么"这样非常无聊的话题。

朋友进而发挥道："社会因素不能算，就是说像你和长大的儿子一起进行投球练习，或者在高尔夫比赛中由于对手后九穴的击球少于规定击棒数，结果使你反败为胜等等，这些作为社会生物人的喜悦之情都必须排除在外。"

我俩坐在一家酒吧的吧台前。这家位于银座的酒吧其貌不扬，是他从前最喜欢消遣的地方。这里一切都显得简约、朴实，佐酒的小吃只有开心果，为客人倒酒的也只是那个有点耳背的酒吧老板。这里没有卡拉 OK，所以女客人几乎不来。至于客人喜欢的鸡尾酒、纯麦芽威士忌都已搁置很长时间了，而雅文邑白兰地则根本没有。惟一的好处是免费的兑酒冰水倒是很充足，据说这是酒吧老板每天从住宅旁边的一口井里打水自制的。

听了朋友的一番话，我慢慢呷了口酒，苦笑道："照你这么说，只有和女人做爱了。除此之外，也许就是无社会性的体育运动……"

"无社会性的体育运动是不可能有的。把慢跑、钓鱼、划船这些排除在外，就只有做爱了。"

我又说打猎应该算是很快乐的，朋友也表示同意，但我们两人都没有这样的经历和体验。

我说："那么，还是只有做爱了。"

朋友又摇头道："如果我们真的再扩展思路，仔细寻找一下那种说只有和女人做爱的理由，应该可以发现，除了做爱，就是与之有关的毒品了。你吸过毒品吗？我从公司辞职之后到自己独立之前一直处于失业状态，为了寻找工作和业务，那时毒品吸得很凶。"

他的话使我想起自己在学生时代抽过大麻叶的经历。

朋友听了我的诉说后道："是那样的吗？难道你只是个刚入门的生手吗？对你这种晚熟的人说这些刺激的话也许不太好，但我想，对于有想象力的人来说，肯定没有别的事情能像交感神经极度灵敏时的做爱那般快乐。"

我想起可卡因经常在色情小说中出现的情景。如果一边吸着可卡因，一边和一个苗条性感的黑种女人做爱，那无疑是最快活的享受了。

朋友道："古柯叶常用于局部麻醉，所以会钝化人的灵敏度，而大麻叶则能增强灵敏度。关于做爱，自古就有一盗二婢这类说法，仅仅为了皮肤感觉给人带来好心情，就把理性撇开了。这怎么说呢？你喜欢谈社会性，现在抛弃这种社会性的假面具，其实上述两个因素中哪一个都能使人充满兽性，成为精力充沛的野兽。古柯叶能灭掉人的理性，但它不像酒那样喝了会增大胆量，而是另一种别样的感觉，具体怎样我也说不好。我喜欢一种'巴厘的小蘑菇'，有一次和脾性相投的漂亮女人一起吸食后做爱，射过精依然兴奋不已。那时我觉得自己简直像个喜欢手淫的发情大猩猩。"

听着朋友的高谈阔论，我决定不再说话，甘当一名忠实的听众。因为他的那番体验是我不能与之相比的。

朋友又道："美国非常希望对快乐主义者的能力进行测试，于是先测试了他们的性能力，如果失败了，一切都结束了。结果说明毒品有助淫作用，必须制止毒品犯罪。而在日本人性的潜力较低，所以没有可卡因蔓延的问题。日本毕竟是个花鸟风月的国度，加之国民也没有西方那样好淫，那种在自己心脏停止跳动之前还要让女人给自己戴上避孕套的精力过剩家伙是无法找到的。"

朋友大发议论之后突然转向了爵士吧的话题。

"……嗯，我去过那家酒吧，女歌手懒洋洋的歌声我还记得。我失业时，那儿曾经有一家名叫'地狱之灯'的乱七八糟的性虐待俱乐部，人到那儿只要对方不拒绝，你干什么都可以。后来由于艾滋病的流行，俱乐部关闭了。那真是个可怕的地方。我在那儿亲眼看到一个从劳斯莱斯轿车下来的贵妇人竟然在里面吃黑人的排泄物。有一天晚上，我看到那儿聚集了许多人，我想一定是出了什么大事，就在人群外面偷偷地张望，结果发现一对十几岁健康活泼的恋人正一边害羞地说着'我爱你'，一边在天真地接吻。周围那些久经情场的变态者见此情景，无不露出羡慕的神情。这时，我不由想起高中时不敢吻一个自己喜欢的女同学的事。那是个夕阳西下的黄昏，女同学对我突起她的柔唇，我竟然害怕得不敢接吻。想起这件事，也可能因为吃了什么药，感觉自己已经走到了绝望的深渊。那时我想再痛苦也是徒劳的，于是一个人摇摇晃晃地向外走去，这时听见了我在中学时代就喜爱的歌手朱莉·伦敦[1]演唱的歌曲。"

> 你、黑夜和音乐，
>
> 使我的心中燃起欲望的火焰，
>
> 那是完美的场景，惊险刺激的象征。
>
> 但是，黑夜和音乐，
>
> 竟然不知不觉终止。
>
> 不知在什么时候，
>
> 我突然进入了一个梦境。

---

1 美国电影演员、歌手（1926—2000）。

那微弱的亮光在黑暗中闪烁，

犹如黎明前的街灯。

玫瑰色的晨曦渐渐在天边显现，

就像吉他的弦音震撼我的心灵，

只感到头脑发昏，四肢无力。

我诅咒早晨，

既没有温暖，也没有柔情。

我已沉醉在情欲的温柔乡里，

最厌恶无情的早晨。

看着星星在空中渐渐隐去，

我的心灵也得到了相同的感悟：

醉生梦死的人迟早会遭到失败，

这是不可违抗的自然规律。

如果爱情和生命在瞬间结束，

死亡就是惟一的归宿。

你、黑夜和音乐，

那些都是瞬间辉煌的火焰。

如果失去了它们，

我也失去了自己宝贵的生命。

一天又一天　DAY BY DAY

17.

六本木墓地下的僻静处有家酒吧。

酒吧里，一名男子不解似的问我道："在高级酒吧里喝酒，为什么不会脸红呢？"

这家酒吧只有个吧台大小，但酒类品种特别丰富，除了零售的香槟，还有各种各样流行的纯麦芽威士忌，侍者调制的鸡尾酒也相当棒。巨大的吧台台面全部是黑大理石，显示出一种华贵的气派，这也意味着普通职员不会前来消遣。一般来说，如果一个人每月只有三万日元零花钱，是不敢上这种酒吧的。

所谓"普通职员"，如果认真分析一下，就会发现那是一个搞不清的范畴。其实，上述这类的酒吧对客人是有选择性的，主要对象是出版社、代理店、电视台、时装公司之类高级公司的高级职员，以及那些有名的人物……他们有时款待别人，有时被款待；有时追求女人，有时被追求。这些人说到底并不是支撑这个国家的中坚力量，而真正支撑国家并促进其生存发展的，应该是与之相反的普通职员阶层。

我一边思考着这个问题，一边大口喝着酒。也许那名男子见此情状，便不由地对我产生了好奇之心。

一个人坐在吧台边喝酒，通常不想和身旁的陌生人搭话，我平时喝酒几乎都是如此。不过，今日对我来说却是个罕见的例外，也许是我一时心血来潮没有拒绝对方的搭话，两人便利用这绝好的闲暇时机聊起天来。

"对不起，打搅你了。我离开日本已有好长时间，平时工作太忙，总脱不开身来。"那名男子补充道，同时递给我一张名片，"这是我的旧名片，新的还没来得及印。"

我接过名片一看，果然是家大商社的高级职员。名片上印的地址是德国法兰克福。外表上他似乎比我年轻三四岁。正喝着兑黑啤的威士忌。

那人又道："看起来你和我是同辈。但我还是想向你请教这个问题，我们小时候常看见大人喝酒时的情景，那时他们往往喝得面红耳赤，但现在这种现象却很少见了。这是什么原因呢？"

"你说得不错，确实是这样的。"我也饶有兴趣地答道。他的话使我回想起过去乡下赏花或做法事时人们摆开酒席畅怀痛饮的情景，那时确实在很短的时间内大家的脸都变红了。

那人道："刚才我去浅草[1]和一个朋友会面。我们去的酒吧以号称'电气白兰'的鸡尾酒而出名，在那儿我见大家喝得醉醺醺的，人人脸色都变得通红，就像过去乡下常见的那样，我当时就产生了一种奇妙的感觉。"

"奇妙的感觉？"

"我是在一周前才有事被家里人叫回日本的。到昨天为止，我一直去外面各种酒吧喝酒，都是那些高级豪华的，满眼是服饰华丽的女招待，高级的苏格兰威士忌，精雕细琢的意大利家具，古老名贵的灯具，等等。但在那里，却见不到面红耳赤的醉态。在此我要冒昧地对你说几句私下的话。我在德国也多次思考过这个问题。我的公司在法兰克福，我的家就在一条名叫曼海姆的小街上，那儿有许许多多的啤酒馆，人们在酒馆里喝着啤酒和杜松子酒，脸一下子就变得通红，但我在法兰克福一家常去的饭店酒吧喝酒时，却从没见过那种情景。"

我道："乡下人和啤酒馆里的顾客也许都喜欢喝快酒，脸色容易变红。"

"你说的那种情况想必是有的吧，但我认为其最主要的原因是他们都喜欢一边喝酒一边说话，而且都是开怀坦诚地说话。"

"是喝酒说话的原因吗？"

1　东京的地名，为民俗旅游观光地。

"是的。你不妨想想看，在那些饭店酒吧以及高级的法国餐厅，按照礼仪是不允许人们大声喧哗的，所以大家只能安静斯文地喝酒。而乡下和啤酒馆则完全不同，首先那里一片喧闹，根本无法密谈，所以大家都以无防备的心态说笑，每个人都坦诚相见，爱说什么就说什么。于是人的肾上腺素就会大量分泌，脸就会变得通红。"

那人喋喋不休地议论了一番，突然打住了话头，脸上露出了似乎在思考什么的神情。我想他一定是在怀念已经分手的恋人。也许他又想起了过去在某一个场合，亲眼见到身边的女友喝酒时粉面桃花的娇态……

果然不出所料。那人沉吟半晌之后，又端起酒杯，和我谈起他情人的事来。

"……她是国际航班上的一名空姐。人长得很漂亮，无论怎样描述都不为过。我初次见到她时，两眼不由一亮。她身材苗条，形象秀美，脸上却露出冷艳矜持的表情。我想她一定是个心气高傲的女人，而我最不擅长与这种类型的女人打交道。于是，我心生一计，决定采取迂回战术。最初我请别的空姐服务。有一次，我对一位空姐说要一点小吃，恰巧她听到了，一下子就送给我五包。于是我连忙道谢，两人都露出了特别自然的微笑。很快，我便深深地陷入了情网，只要她来法兰克福，我就设法去见她。她见了我就笑着说：'没有谁像我们这样整天在法兰克福见面的。'就这样，我俩一天天地亲密交往，每次我都看到她的脸颊飞起两朵迷人的红晕。正如你刚才所说的那样，看到自己心爱的女人粉面飞红是最赏心悦目的快事，因为那是她心许于我的明证。我这个人不管怎么说，是非常懂得女人心事的。不论是什么女人，只要一交往，很快就会清楚双方相互间的立场。我和她交往过一段时间，就知道这种每天欣赏粉面桃花的好日子不可能继续下去。我告诉她自己已经结婚，谁知她全不当回事，还是爱我，每次见面喝酒，脸颊一定会染上迷人的羞云。看到这样的情景，我不由害怕起来，怕她还不明白我结婚的事实。我有段时间没和她见面，做了许多别的事情，可下次在一起，她对我老是不来毫无怨言，依然是兴高采烈地带着满面的娇羞陪我喝酒。我想，我是个很不诚实的人……"

这样的故事真是闻所未闻。我在心中不由发出深深的叹息。如果他去那个爵士吧的话，恐怕会听到那首歌吧。

一天又一天，
我知道爱在不断地加深。
一天又一天，
就像欢乐的小花狗渐渐长大，
爱也在甜蜜中不断成长。
这正是我渴求的春梦，

两心相悦，情深似海。

请你也快进入这样的甜梦，

虽然知道你的烦恼，

但我只在乎你的情意。

我的痴情，爱的眷顾，

使你再也无法随意遁逃。

一天又一天，

爱在不断地加深，

让我们在爱河中畅游，

幸福地度过这美妙时光……

"那个爵士吧究竟是怎样的情景呢？"我想，"也许客人都红着脸在听歌吧？"

伴着美酒玫瑰的日子

THE DAYS OF WINE AND ROSES

18.

酒吧的吧台似乎是专为男人服务的，它适合于男人们根据不同的话题展开交谈。三人以上聚集闲聊时，女人会首先决定自己想说的话，盘算怎样利用这种说话的机会，至于其他人说什么，几乎全然不听。所以，就算她们有三人以上在滔滔不绝地讲话，只要谁没有和大家面对面坐着，就不能算是聚会。

　　男人就没这种事情。即使三人以上凑在一起，引导话题的中心人物只有一个，讨论的时候也是两个人热烈地交换意见，其他人安安静静当听众。

　　在赤坂一家饭店的豪华酒吧里，我和朋友正兴致勃勃地闲聊着，话题是如今引人注目的现代女性和酒吧的吧台功能——如今那些现代女性和男子几乎平起平坐，她们和我们同去公司上班，同去酒吧饮酒作乐，这些现象引起了我俩浓浓的谈兴。

　　我的朋友具有坎坷的经历，现在和我一样在从事影视广告片的制作。不知是十九岁还是二十岁那年，他作为一名青年影视工作者，曾获得过令人惊羡不已的大奖。据说这个大奖主要是奖给独立的电影编剧和当时流行的先锋派影视艺术巨匠的，而我那年轻朋友却以八毫米电影胶片摄制的作品获得了这个大奖。当时我正在乡下，从报上获悉这个消息后引起的强烈嫉妒心理，至今还记忆犹新。

此后他立刻去了美国，但现在回顾留美经历时，他只是淡淡的一句话："什么都没干。"

"……嗯，我真的什么都没干。生活在那里，便记住了一点英语，所以也许可以说是学英语吧。我最初住在美国西部的圣迭戈，然后在洛杉矶待过一段时间，最后一直住在纽约。"

"你在美国一共呆了多长时间？"

"全部加起来，大概有十三年吧，但自己觉得好像没有住这么长时间。"

"那是为什么呢？"

"也许就是什么都没干的原因吧。要生活就得工作，照理不会出现什么都没干的情况，而我却有意采取'无为'的生活方式，所以在此期间没有干任何有意义的事，白白地虚长了不少的年龄。我可能已经对你说过了，那个大奖其实给我带来了相当大的压力。所谓电影，虽然剧情是属于文学范畴，但摄制方法却具有极其严格的系统性，所以即使当时以八毫米的电影获奖，我心里也十分清楚，仅靠这点本事是无法继续拍摄商业电影的。但因为我已经出了名，就算没有赚钱的念头，出名本身就已经特别辛苦，没有隐身之处，不论到什么地方都有影迷来纠缠，成为别人消磨时间的对象，得不到认真评价。不管你以后创不创作作品，不管你创作的是好作品还是坏作品，一旦你成了名，在这个国家就只把你当作消磨时间的对象来对待。请你不要误会，我去美国并不是想积累什么经验，因为我一向轻视经验。为此我还可以举一个法国钢琴家的例子。"

"什么例子？"

"这个钢琴家在十岁的时候就在肖邦国际钢琴大赛中获得了第一名，于是周围的人都对他抱有绝大的希望，而他实在受不了这种压力，以致产生了厌恶的情绪，最后跑到美国，躲在纽约贫困的哈莱姆区整整五十年，过着潦倒的生活。这样的事你信吗？其实，那个人真像一个天才呢。"

我道："我已经听了几次你的隐遁愿望，但还是对你这种想法难以理解。"

"我并不是想去隐遁，只是想让自己早点上年纪。"

我俩在十年之前就相识了。第一次见面是在纽约哈莱姆区的萨尔萨剧场，当时我正在纽约摄制影视广告片。为了欣赏我所喜爱的萨尔萨音乐，我特意请合作方的一名职员陪我来到哈莱姆区的萨尔萨剧场。这时我的朋友正巧坐在我旁边的座位上，他当时还抽吸着上等的大麻叶。我俩一见如故，马上就成了好朋友。以后每次去纽约我总和他相约见面。六七年前他从美国回来，进入了广告业，不久就成为有名的影视广告片的导演。

他又道："上了年纪后，就能成为一个什么都不是的人。所谓的才能，不就是依附在人格上的赘物吗？如果和丰富的人格完全分离，我想只能是一种空洞的才能，也许就称不上是什么才能了。只知道它是创作时所必需的某种东西，往往会自觉或不自觉地成为这种才能的奴隶，但我却讨厌这种为了发挥才能而从年轻时就拼命干的生活方式。"

听他这番肺腑之言后，我不禁想问，你这样做不觉得太可惜了吗？但一转念还是没有开口。因为自从和他相识以来，我已有几次这样问过他了。他在讲西班牙语的哈莱姆区整整待了六年，又在东村住了五年，结识了众多的朋友，过着在日本不可能做到的"普通"的、"什么都不是"的生活。现在，他的作品充满着温馨感，绝不稀奇古怪哗众取宠，是我们无法想象的具有独创性的佳作，也许这就是才能的最好体现吧？

我的朋友继续有感而发："我认为，酒吧和吧台都不适合女人，她们会成为才能的奴隶。我觉得这是最无聊的，因为她们没有注意到生活的本质。我很讨厌这种事。当然这也是由人的价值观所决定的吧。我确实感到，与其拼命发挥才能，创造出名留青史的佳作，倒不如对酒当歌对我更重要。当然，我不敢说这两者都很重要，因为我是个怯懦的人。"

说实在，我十分喜欢朋友那兴奋的笑脸，尽管他说的道理我只懂一半。我没想到他这样年轻就受了这么大的压力。如果当时没获大奖，他刚才所说的一切感悟也就不存在了。像他这种类型的人，一定是去过传言中的爵士吧的。根据我现今掌握的事例来看，只有当人的欲望、能力和机遇发生偏离和扭曲的时候，那个爵士吧才会出现。所以他不干自己不喜欢的事也不是没有道理的。况且我还听说他现在拥有一个幸福美满的家庭，娶了一个贤惠美貌的妻子。

如果我是他，会怎么做呢？年轻的时候获得这样的殊荣，也许会得意忘形，并且趁机周游世界。而当心碎的时候，也许会在无意中打开爵士吧神秘的门扉，听到这样的歌曲：

和美酒玫瑰相伴的日子，

就像天真孩童的无忌嬉戏。

在那欢笑着逃亡的日子，

我快乐地穿过了大草原，

路途中，

惊奇地看到一扇紧闭的大门。

门扉上写着"只有这些"几个大字，

我百般猜想，不知其解。

如今，

当我独自度过寂寞的夜晚，

终于明白那行大字的意义。

幸运就像瞬间吹过的一阵微风，

稍纵即逝，无影无踪。

我曾和美酒玫瑰亲密相伴，

总以为幸福的日子永久绵长，

但幸运如微风一样悄悄溜走，

辉煌、微笑的回忆在痛苦中不再继续……

所有的一切都在流逝之中　AS TIME GOES BY

"卡萨布兰卡的凯悦饭店里有个'幽灵'酒吧，里面到处贴满亨弗莱·鲍嘉和英格丽·褒曼[1]的剧照，真让人感到乏味。"

说话者是我的朋友。

那一天，我们来到饭店酒吧的时间较早，偌大的空间除了我俩没有其他客人。我们坐下后，就像当年德国占领时期地下组织的秘密接头那样，压低嗓音轻轻交谈着。我和那个朋友原来关系一般，但他最近成了我广告片合同的中介人，于是我们的关系无意中就变得亲密起来。

他现在是一个赛车队的老板。刚开始，他继承了祖父创立并发展至今的中等规模的贸易公司，通过经营豪华的意大利家具和装饰品，在生意上获得极大的成功，借此机会，他实现了小时候的理想，组建了一个赛车队。我曾经专为他的赛车队拍过广告

---

[1] 两人均为美国影星，在 1943 年上映的著名影片《卡萨布兰卡》中出演男女主人公。

片，帮助这个原来并不出名的车队老板向广告业界作了全面的介绍，树立了这个广告客户的良好形象。如今赛车在日本异常火爆，想当广告赞助商的客户非常多，因此签订此类合同轻而易举，并不需要特别的公关活动。但我的这位朋友具有典型的富有教养男子的性格。为了报答旧情，他几乎每天打电话邀请我外出用餐，看歌舞剧、体育比赛或者去听音乐会。今天，他特意邀请我一起乘直升飞机去静冈观看高尔夫锦标赛，傍晚再乘直升飞机返回东京。晚餐之前，当我俩坐在酒吧轻松地喝酒聊天的时候，我不经意地向他说起了那个传言中的爵士吧，而他也随口告诉了我有关卡萨布兰卡的事。

"你去摩洛哥做什么呢？"我小声问道。

"那是我在学习组建赛车队相关技术的时候，大概有七八年吧。我为了看几场 F1 赛车比赛，去了葡萄牙和西班牙，那是所有的赛车发动机都带有涡轮增压机的最后一年，本田车的引擎声简直和战斗机的声音一模一样。这时恰巧是葡萄牙和西班牙先后举办世界摩托车锦标赛的空当，我便利用这段时间去了摩洛哥。"

"你是一个人去的吗？"

"是的。你也知道，我对女人是异常保守的。"

朋友的回答使我不由地想起"渔色"这类古老的字眼。我周围的许多同行是猎艳高手，因此我甚至产生了"天下最好色的莫过于广告人"的想法。由于平时看惯了那些家伙的所作所为，所以对这个赛车队老板的做法确有非常新鲜的感觉。我的朋友确实非常珍爱自己的夫人。今天他妻子说不喜欢高尔夫也讨厌乘直升飞机，这次外出她就没有同行，而平时在外面用餐、听音乐会，他俩倒是经常在一起的，这应该说是很自然的事情。听说因工作关系，他们夫妇年轻的时候曾在意大利佛罗伦萨住过两年，平常还一起去欧洲或美国进行商务会谈，并利用闲暇在外观光用餐，回日本后似乎也保持着夫妇常在一起的习惯。在我的记忆中，我的老板朋友从没有留下任何对女色饥渴的痕迹。

我认为，所谓的"渔色"，不用等美国心理学家分析，就知道它必定是一种病症，是对爱情饥渴的病态表现。从这一点来说，我的朋友与"渔色"应该是无缘的。但在我们开头的交谈中，他似乎对我提起的爵士吧也知道一些，所以我不由地暗自称奇。

我问道："你一个人去那儿旅行，难道不感到寂寞吗？"

"嗯，说实话我也不喜欢一个人去那儿，但我又不想被人取笑。我就是这样的人。我算得上是你上上辈的人了，按我的品位，对战后上映的电影《卡萨布兰卡》会有一种麻木的感觉。电影是个闹哄哄东西，虽说闹哄哄，我还是喜欢过去这种好莱坞经典片的品位的，尤其喜欢电影里展现的那种日常罕见的豪华场景。如果没有这些场景，它就会变成一部冷冰冰的电影，对我而言是断然不行的。从这个意义上来说，电影《卡萨布兰卡》无论别人怎么评价，我都认为它创下了最大的奇迹，你明白吗？"

"奇迹？"

"是的。从演员、时代、状况、制作等各方面来看，这部电影都创造了无与伦比的奇迹，因此它深深地吸引了我，使我产生了神往已久的情思。我为此专门看了介绍摩洛哥风情的导游册，知道了电影里的那个酒吧现在还在，决定前去参观一下。虽然我已有好多年没有一人独行了，但想到这次一个人去那儿正好能充分领略那伤感哀婉的气氛，我甚至还产生了一种难以割舍的错觉，梦想能在那儿爱上一个像英格丽·褒曼那样的绝代佳人。当时真是鬼迷心窍，甚至认为如果不去那儿一次，自己简直白活了。"

"明白了。"

"我从里斯本飞到卡萨布兰卡，首先看到街头脏乱不堪，就没了情绪，感到非常失望。这也许就是摩洛哥的风情，听说无论是在非斯、丹吉尔还是马拉喀什都是这样。而卡萨布兰卡则是被好莱坞电影拍成半美国化的十分无聊的地方。那里甚至没有一家像样的饭店。至于那个'幽灵'酒吧，也只是墙上贴满了电影剧照而已。酒吧周围都是些狭小简陋的家庭式小餐馆。我真是期望越深，失望越大。这怎么说呢？就是我从内心深深感到也许自己的人生突然间发生了重大的错误，因此真可以说是失望之极，痛苦得几乎要流出悔恨的泪水。正在这万分无奈的时候，我突然发现就在那个无聊酒吧的盥洗室旁边，有一扇神秘的小门，推门进去一看，只见里面连着一条昏暗的走廊，走廊的对面是一个很精美的酒吧，看到它就会使我想起美国影星弗雷德·阿斯泰尔[1]主演的电影中的场景。我顺着走廊走进了酒吧，里面气氛朦胧，似乎达到了高潮。这时即使发现加里·格兰特[2]就在里面也不会感到奇怪。我看到一个女歌手正在动情地唱着一首歌，声音和表情似乎在模仿歌星狄娜·肖尔[3]和佩吉·李[4]。她望了我一眼，很优雅地点了点头，依然柔柔地唱着。也许当时我过分陶醉在她的歌声里了，以致后来怎么返回自己旅馆房间都回想不起来了。"

回想起来，

接吻的香甜

沉重的叹息

还是和往昔一样，

所有的一切都在流逝的时光里。

当说出"我爱你"的时候，

恋人们都相信爱的珍贵。

---

1 美国电影演员、歌手、舞者（1899—1987）。
2 英国男演员（1904—1986）。
3 美国女电影演员、歌手（1916—1994）。
4 美国女电影演员、歌手（1920—2002）。

不知我以前怎样的荒唐，

就像迷途的羔羊罪孽深重，

虽然

所有的一切都在流逝的时光里，

但我还记得

那难忘的情感：

月光、恋歌，

激情、嫉妒、憎恨……

我没想到

时代的变迁为什么这样迟缓。

女人把男人当作自己的至爱，

男人一心要得到安闲的佳人，

这些都和时代变迁无关，

没人能否定

这些古老而经常翻新的故事。

为了爱和名誉而战，

要么赢得胜利，要么选择死亡，

世界上

只有为爱而战的人最优秀。

所有的一切，都在流逝的时光里。

红色的玫瑰献给忧郁的女人　RED ROSES FOR A BLUE LADY

20.

"传言中的爵士吧象征着什么？"

　　在一家酒吧里，我和一个设计师朋友邂逅。当我提出这个问题时，他是这样回答的：

　　"这家酒吧的奇特之处在于出入口很多，男人从不同的入口进入酒吧。酒吧里光线暗淡，弥漫着浓烈的烟草之雾和人的气息，看不清其他客人的面容。那个声音和表情都竭力模仿海伦·梅芮尔和狄娜·肖尔的女歌手，正用低沉沙哑的声音唱着让人紧张的神经放松下来的歌曲。"

　　朋友又道："我一直以为不会有再来的机会，但总觉得自己又回来了。"

　　我的朋友擅长广告片的制作设计，是广告业内数一数二的高手。他专注于欧洲特别是意大利北部的室内装潢设计，并和意大利波洛尼亚的古董商店签订了合作合同。他设计的室内场景完全脱离日本人的传统习惯，极其潇洒，凡见过他作品的同事不知为什么都会误解他有同性恋倾向。在日本有这样一种偏见，凡是喜好豪华、典雅、精巧情趣的人，一律被认为有同性恋倾向。

实际上，他是个身高一米九五左右的彪形大汉。早在高中时期就通过了日本关西地区的选拔，成为橄榄球队的争球手，是个名副其实的男子汉。就是在今天，他依然具有令人难以想象的强悍男人作派和举止，常使初次见面的人大为惊叹。他的夫人身高仅一米五，和他相比简直像一个小小的玩偶。他虽然并不信奉模范丈夫的生活准则，但也不喜欢有女人光顾的酒吧或俱乐部。他喝酒也极为豪爽，常常和男同事畅饮到天明。在我们这些号称好色集团的广告人群中，像他这种类型的男人还不少，但让我吃惊的是他竟然也对我说起自己去那个爵士吧的事。

此时，我俩相会在位于六本木墓地下的那家酒吧。酒吧只有一个吧台，别无长物。当时已是深夜三点，酒吧也快关门了。

我问道："你还记得那个爵士吧的具体位置吗？"

"那不是问题。我感到惊奇的是那个酒吧里有一种无法形容的氛围。过去我因工作的关系看到过各种各样的室内装潢，从菲律宾的迪斯科舞厅到古老的意大利美第奇家族[1]别墅的客厅，真可以说是见多识广。但那家爵士吧的装潢该怎样表述好呢，我实在

---

1 意大利佛罗伦萨的名门望族，13 至 17 世纪在欧洲拥有强大势力，对文艺复兴起到了关键作用。

说不清，只觉得到了那儿之后有一种非常浓厚的怀旧之感。这种情况我过去从没碰到过。"

"你是什么时候去的？"

"上个星期吧。"他肯定地回答。

据我所知，去那家爵士吧的人各式各样，去的动机都很奇怪。我的朋友去那儿看来是有什么难言的机缘吧？他也会有严重的失恋事件吗？具体是什么呢？

朋友似乎洞察到我的心事，轻声笑道："你想问我有什么事吗？你知道我从不喜欢不伦之恋，虽然我一直不想看到大家不幸福，但要是说有了不伦之恋大家就都幸福了，这似乎也太牵强了吧。我是有妻室的人，又讨厌不伦之恋，不应该有什么严重的失恋事件。说句真心话，我不喜欢用金钱来收买女人的心。"

"那么说，你是清白的，什么事都没有吗？"

"那也不能这么说。"

这时，由于酒吧即将打烊，店内灯光变得明亮，我清楚地看到他脸颊通红，好像带有某种羞涩的神态。"再来一杯酒好吗？"侍者听到他的话，困惑地递给他一杯加冰块的伏特加。

"实话实说，我是有个堪称妙龄的女人，一想到她，我就心情愉快。"

"你也有这档子风流事吗？"

"不要说话，好好听我说。我并不是去找一个供自己发泄情欲的女人，而是作为一种神圣的憧憬，为了鼓励自己、鼓励自己的表现而悄悄地对她心生爱慕。"

我想，不管你怎么说，事情的本质并没有发生变化。但为了不偏离他的话题，我没有说出口来。

"我明白你的意思，请继续说下去。"

"她虽然年过四十，但长得像女孩子一样可爱，性格开朗，总是快快乐乐的样子，见人总爱笑，但绝没有半点轻浮。你知道，我在中学时期就喜欢吹奏中音乐器，喜欢菲尔·伍兹[1]的技巧。虽然自己的技巧很差，但上周是她的生日，于是我决定那天为她吹奏一曲作为生日礼物。为此我特意去买了一支新的塞尔玛[2]，你说这浪漫吗？她住在乃木坂。那天我早早站在她家外面，紧张地等待着，直到确定她驾驶着那辆红色的奔驰 190 回到家后，我才吹了起来。刚开始是一曲《祝你生日快乐》，虽然有两处吹错了，但她很快就打开了窗户。接着我又吹奏第二首，但由于我选错了曲子，结果她马上就关了窗户。"

"你到底吹什么曲子呢？"

"是三波春夫[3]的《钲鼓袈裟》。"

"为什么要吹那首曲子？"

---

1 美国萨克斯手（1931—2015）。

2 法国著名的萨克斯品牌。

3 日本著名的演歌歌手（1923—2001）。

"关于这个过去有一种说法，所谓的布鲁斯音乐就是悲歌欢唱。而在日本，除了三波春夫，没人能做到悲歌欢唱的。再说要我在这种场合吹奏情歌，自己也实在感到害羞。"

"那你就……？"

"是的，是我选错了曲子，使她非常愤怒。与其说她愤怒，还不如说她对我的愚蠢感到惊讶。她道：'在我的生日为什么要唱这样的歌？送一束红玫瑰之类的不是更让我高兴吗？'我知道她这次是真的不高兴了，进而想到这次说是选曲的错误，其实不也是我人生的大错吗？联想到自己的日常表现，我更是感到汗颜。我自己平时处事草率，凡遇到粗漏的地方总是以'这是意大利装潢设计的特点'来搪塞，而真需要表现意大利家具的精美时，我又觉得没有必要那样做。"

"现在说这话也没用了。"

"嗯，我也觉得没用。这么想着，我来到赤坂，走进那家爵士吧。刚才说过，在我的生活中有过两种不同的理念融合起来的幸福时期，究竟是什么时间记不清了，但现在一下复苏了，这个爵士吧就有这么一种气氛。店里的装潢给我一种既能到达、又不能办到的意境。在酒吧里，女歌手正在演唱一首纳京高[1]的歌曲。"

1　美国爵士乐歌手、钢琴演奏家（1919—1965）。

我想给忧郁的情人

送上一束红色的玫瑰。

也许我以往

过于追求华丽的形式，

她对我露出

不悦的神色。

我多么想恢复

过去的甜蜜感情，

衷心祈愿鲜花的魅力

能冰释前嫌。

鲜艳的红玫瑰

定能消除她的忧郁，

所以请你把花束

精心地整理包扎。

她的地址？

无需细问，

就是全城头号美女的居处。

还有，请务必向她转告，

我下次要为她献上

白色的兰花……

是你让我感到如此年轻

YOU MAKE ME FEEL SO YOUNG

21.

"你在那个洼地前连续打过几发杆颈击球[1]，对吧？"

　　这个人最初的话题总是离不开高尔夫。他是一家大出版社面向年轻女性的杂志总编辑。最近该杂志又和意大利的时尚杂志社交换了编辑合同，所以他编的杂志无论插图还是报导都显示出华贵、绚丽的色彩。这个作为我大学前辈的总编辑的个人形象和他编的杂志完全不同。他大学的兴趣是赛艇，对当时风起云涌的"全共斗"运动[2]以及政治和 helmet[3] 毫不关心，只是热衷于网球、滑雪、赛车这些体育活动，但又不是文化素养低下的纨绔子弟。他父亲是大学教授，著名的自由主义政治评论家。他却和父亲唱反调，政治一概不问，如同求道修行般地追求浅薄的东西。

　　我和他在大学时期几乎没有交往，只是在他把杂志广告插页

1　高尔夫球运动中，以球杆末端的击球面颈部击球的误击。

2　1968 年至 1969 年发生在日本的学生运动。

3　意为"钢盔"，这里指战争。

的设计交给我们公司之后，我们的关系才日渐密切起来。每年他总有几次邀请我外出打高尔夫球，然后一起轻松地喝酒聊天，我们这样的来往已经持续了三四年时间。

"最后你连续打了几发杆颈击球？"

"四发。"我说。

"是什么原因明白吗？"

"打球时头抬高了。"

"最初发球都是这样的。打球者只担心球会飞过球洞，这样就在无意中把脸抬高了，但第二次发球就该不一样了，第二发紧握球杆的力度可能会弱一些，球杆头容易碰到球场的草皮。"

"难道每一发的原因都不一样吗？"

"第三发有点复杂，因为已经打了两发杆颈击球，人的力气可能不够了，所以打出去的球往往像傻瓜一样不遂人意。这时，人的头好像也不能转动了，就像老和尚念经的样子，由于没有移动身体的重心，双肩也无法转动，所以就和一个初学打球的女孩子没什么两样，只知道用手的力量去打球。当用手腕的力量向下挥动球杆时，凭你现在的水平应该懂得借助身体，只有使腰部一直处于良好的转动状态，这时向下挥动球杆才有力量，并且还要以相同的节奏转身击球。如果不掌握这个要领，会出现什么情况，你知道吗？"

"球就会打偏了。"

"是的，击球面就偏了，球几乎横着朝右边飞去。"

　　"那第四发呢？"

　　"我绝望了，总有一种惨不忍睹的预感，所以第四发没去看，不知道具体的情况。"

　　他这么一说，自己不由地笑了起来。没想到这个女性杂志的总编辑这时也像个调皮的顽童那样露出了率真的笑容。他是个非常害羞的人。虽然他跟政治全然无关，但我有事去他的书斋时，发现那儿整整齐齐地放着几百册包括政治学、经济学原版书在内的书籍。对女性时尚一窍不通的我当时略带迷惑地问他是什么原因让他编了七年多的女性杂志。虽说他这个人难捉摸，但我也知道他和意大利北部的设计师们建立了非常亲密的私人关系，这种亲密程度在日本可能是为数不多的。其次，他痴迷地研究打高尔夫的技巧，但绝不会固执地计较得分。他的打球方针是和亲朋好友们在和谐的气氛中作乐。我原以为他的这些处世之道是受其伟大父亲的影响，因为他父亲在二战中曾经受过宪兵的拷问，体现了宁折不弯的崇高品质，但他却羞涩地否认了。现在在日本已经不太有害羞的人了，而他却具有强烈的羞怯感。对于像他这种能够对外自如地表现自我的人来说，有这种品质是难能可贵的。

　　我说："打高尔夫的时候自己怎样挥杆击球是不知道的。"

　　他沉默了片刻，自言自语地说道："也许不光是打高尔夫的时候。"

接着他话锋一转，提起了另一件事："在意大利的设计师中有个提起姓名谁都知晓的家伙，号称拥有众多的女人，还有米兰公国贵族的高贵血统。他来日本时，我为他作了精心准备，陪他四处观光，没想到他却在银座给一个表面看来不谙世事的年轻女人诱骗了。那女人原是个三流演员，后来改行当了女招待，工于心计，十分狡猾，我的朋友却根本不知内情。"

"他真的不知道吗？"

"你说什么？"

"你那个朋友不是见过天下各色各样的美女，他怎么会被一个银座的女招待骗了呢？"

"这主要是大米的关系。"

"嗯？这是为什么？"

"你知道日本女人以大米为主食，大腿肥腴，皮肤白嫩，富于诱人的质感。那个女人第一次见他时光着腿，只穿一条性感的迷你裙。那女人双腿修长，听说她是有意脱掉袜子来勾引男人的。听我的朋友说，两人一见面，他就被那女人的大腿吸引住了，他第一次感觉到了女人大腿上微凉的湿度对自己的诱惑。于是，在他的眼里，那个女人成了从未见过的天仙美女，他的情欲犹如干柴遇到烈火，立刻熊熊燃烧起来。两人当即关在饭店房间里如胶似漆，我朋友还特意延长了在日本逗留的时间，会议也不参加了。这个具有拉丁血统的意大利人进入了疯狂的迷恋状态。

用打高尔夫的术语来比喻的话，他陷落在十发连续杆颈击球的状态中。"

"他连自己该怎样挥杆都不知道了。"

"是这样的。"

"结局呢？"

"那女人为了敲诈我朋友，故意闹出事来，扬言要把偷拍的两人厮混的照片卖给周刊杂志，还请了个来路不明的律师说要打官司。这时，我不得不出面摆平此事。我特地找到了那女人工作的俱乐部的妈妈桑，首先对这个女人的卑鄙做法表示强烈不满，并对她晓以利害。这件事让整个银座地区都轰动了。但妈妈桑也没法控制，最后我朋友只得赔钱了事。"

"那个意大利设计师对此有没有反省之意？"

"一点都没有。反而说和那个女人厮混在一起很快乐，说什么享受这个女人的色、香、体态都是最大的快乐，还说通过这次艳遇，使他终于明白了女人皮肤的质感才是天下无与伦比的美味。最不可理喻的是他说自己已近五十，这次猎艳又使他回到了二十岁的青春时代，为了快乐，就是个人损失一点也是应该的。我当时听到这话，只能为他叹息。"

那个意大利人难道去过那个传言中的爵士吧吗？

　　你使我感到快乐，

仿佛青春的气息

又回到身边。

我真的非常幸福，

迷人的春天

总是在不经意间展现在我面前。

当你对我露出销魂的笑靥，

我才明白

这就是幸福；

当你对我莺声呖呖，

我又感到自己

回到了无忧嬉戏的童年。

圆圆的月亮

像孩童玩耍的气球，

我真想登上月亮

尽情地张望大地。

你和我都住在

互不干扰的小小地球，

歌唱时

尽情地歌唱，

铃儿叮当时

无忌地放声，

舞蹈时

尽情地跳舞。

其实我进入了中年，

自己明白

这是一个灰色的年代，

但我现在充满活力，

是你

让我感到如此年轻……

什么也无需表白　DON'T EXPLAIN

银座的一家酒吧，始终保持着二战前的传统。吧台边没有椅子，训练有素的白发侍者挺直身子摇晃着鸡尾酒的混酒器。这里的干马提尼酒尤其独特，外界无法与之相比。尽管如此，我还是很难适应这样的酒吧。虽然这家酒吧经常上杂志，但酒吧的侍者们并不因此露出丝毫的骄矜之色，脸上始终保持着职业性的微笑，以其优雅的身姿为形形色色的文人、画家以及新闻界的记者编辑们提供斟酒等各种服务。这里的侍者和所有的客人都保持着等距离，从不主动和客人搭话，就算客人主动跟他们搭话，也往往只是三言两语简短得体地回答。

　　这样的服务应该说是完美的，但我却害怕这种完美。我已年近四十，从不敢说自己的生活是完美的，在我的生活中既有受到亲密朋友背叛的痛苦，又有欺骗过女人的自责。而那些有着娴熟的服务技能又始终保持沉稳表情的侍者们似乎已经洞悉了世态的炎凉，即使身处灯红酒绿之地也依然清醒如故。

我的这点见识受到了前辈朋友的嘲笑。这位前辈朋友现在是汽车公司的副社长，是我在学校的大前辈。我在大型代理店工作时就得到他的关照。刚和他来往时他还是企业的宣传部部长，后来为了公司的重要使命去美国工作十几年，终于登上了公司二号人物的宝座。虽说在升迁上一帆风顺，但他并不是个只知道迎合上司排挤同事的势利小人。当今的日本大企业正在推行严格的集团领导体制，那些骄傲自大或阿谀逢迎之徒是绝不会出人头地的，而这些传统的恶习至今也许还在出版、电影、广播电视等软性行业留存着。

　　果然，我的前辈朋友对我这样说道："你实在是多虑了。就说我吧，也不过是个普通人，也希望别人对我好一点，那些高素质的侍者待人更应如此。他们的职能就像一个优秀的神父。所谓优秀的神父，就是不能通过高压手段把教义教理硬性灌输给信徒们，你说对吗？所以只能通过自己的言行来感化别人。当一个人终于感到需要忏悔时，这就足以说明这种感化的威力之大了。对了，说到这一点，你倒是个出乎意料地有道德教养的人。"

　　"为什么这么说？"

　　"你是不是对一种技术和经验保持着非常谦虚的态度？对那种经过严格修炼而成正果的东西越是感到可怕，就越怀有敬意。"

　　"啊，真是这样吗？"我有些含糊其辞地说道。我心里很清楚，这个理由未免太高尚了。我不善于让人以为我有什么稳定的人格，不喜欢甜言蜜语的人，可也不是掩盖自己缺点的人。那种太受束缚的生活让我感到疲惫。

大前辈似乎看透了我的心思，于是转变了话题："最近，你有没有对电影中的某个人物特别崇拜？"

"什么意思？"

"我认为最近这种现象是司空见惯的。电影里的人物跟观众身材一般大小，其他方面也不能差距太大。这种现象现在不是很流行吗？"

"确有这种情况。"

"很多电影里设定的英雄都有着人世间的烦恼，这也正是观众所希望看到的。除此之外，还可能有其他的原因吗？"

我答："这可能是演员的变化。"

"你也是这样想的？哦，不光是你，我以前也一直这样想。但我现在明白，那不仅仅是演技的问题，而和演员多变的容貌大有关系。比如说伍迪·艾伦，他多半是在硬撑着扮演一个没有反省的滑稽角色，其实呢……"

大前辈转入了那个爵士吧的话题。

"我喜欢《欲望号街车》，尤其崇拜电影里的主角马龙·白兰度。你听我现在这样说来，可能有点不相信吧？马龙·白兰度不是个男人，是个雄性动物。他既不是丈夫也不是父亲，仅仅是雄性动物而已。作为雄性动物,他征服了女主角费雯丽。现在我想问的是,要征服一个聪明女人,作为雄性动物和作为我这样具有一定社会背景的大企业副社长,你说哪一个更难呢?"

我稍加思索后问道:"作为雄性动物更难吧。"

"是的,确实是这样。顺便说一下,在现在的世界中,凭借社会背景驯服女人已成为主流。我是医生,我是实习医生,我是谁都知晓的大公司职员,是不是?刚才所述的事态说明了女人现在也存在着浮躁的心理。在《欲望号街车》里,马龙·白兰度主演了一个没有教养没有情操的雄性动物。当然那只是演戏而已,马龙·白兰度本人是有理性的。在美国的时候,我曾经爱过一个女人。她是个非常聪明有理性的女人,但她只把我当作一个雄性动物那样喜欢。我觉得这是很可悲的,为什么这样说呢?一个头脑聪明的女人需要的只是一个雄性动物的整体,而关注男人社会背景的女人才是傻瓜,这一点人们总是搞反了。而我绝不是一个作为雄性和别人一比高下的男人。我从内心深深感到自己必须在社会组织中生活,于是我离开了她,来到波士顿的闹市区……"

我想,那个女人应该是相当不错的。大前辈朋友也肯定不会认为自己不具备雄性动物的魅力。想必是那个女人结识了超过大前辈的雄性动物吧?

想到这儿,我问道:"你去了波士顿闹市区的爵士吧,在那儿听到了什么歌曲?"

"唔？你说什么？我听到的当然是关于一个聪明的女人只爱雄性动物的歌啰。"

保持沉默，

什么都无需表白。

只须呆在这儿，

只须对着我微笑。

即使对着我化妆的口红，

也无需再说什么。

喜欢什么想必已经明白？

一切尽在不言之中。

我承受着喜悦带来的激情冲击，

头脑中全是你雄健的身影，

只要是你的我都喜欢，

大家都这样说，你可明白？

尽管明知你对我撒了谎，

但是真是假我全不在意。

只要能偎依在你的身旁，我是多么幸福，

所以，

什么都无需表白，

我要你，只要你的全部。

我的所有痛苦，我的所有欢欣，

都蕴含在无言的沉默之中。

只有对你的无限爱恋，才是我生命惟一的源泉。

你是否明白我的情意？

什么都无需表白……

如朝暾一般温柔

SOFTLY, AS IN A MORNING SUNRISE

23.

传言里能让男人们听到女歌手安神曲的爵士吧究竟在哪儿？有人说在银座后面的小巷，也有人说在六本木墓地的背后。如果仅仅是指银座和六本木两个地方，那也许是叙述者醉后记忆上的差错所致，但事情远远不是那样简单。除了上述两处地方外，人们盛传的还有世界其他著名的城市和区域，如纽约、洛杉矶、波士顿、华盛顿、夏威夷的毛伊岛，还有法兰克福、维也纳，甚至是北非的卡萨布兰卡。如果这种传言成立，那么只能说人们是通过异次元的空间，从不同的入口走进了同一个爵士吧。这种说法现今很容易成为少年漫画和廉价科幻小说的素材。

　　这种传言虽然带有神秘主义的气息，但去过爵士吧的人几乎都是些不相信神秘主义的世俗朋友。因此，爵士吧绝不是神秘主义的附丽。每当我抱着浓厚的兴趣和朋友们谈起爵士吧这个话题时，那些家伙们往往嘲笑我是酒喝多了造成的幻觉。但奇怪的是，在那些原先用鼻腔冷笑我的朋友中，至少有四个后来确实去过爵士吧，那个在大型代理店和海外艺术家签订合同的 F 就是其中的一人。

F 就职的大型代理店的主要工作是为发挥外汇储备额的作用而不断邀请海外艺术家来日本拍摄影视广告片。核心的海外艺术家仅限于少数人，那些有名且有实力的海外艺术家都掌控在高级经纪人手中，如果一个代理人没有特殊的个人联系渠道，再有钱也办不成大事。因此，代理人即使携带亿元巨款去美国，如果不事先和经纪人电话联系也很难成功。这种现象实在是太普遍了。在讲究例行公事的美国，不管你抬出多大的日本企业或代理店的名头，对方也往往不屑一顾，所以电话联系的作用非常大。一个高级经纪人一般都掌控几个大艺术家，因此拥有十人以上的美国和欧洲超一流高级经纪人的私人电话对 F 来说是必不可少的工作条件。 F 自己也踌躇满志地说过，全日本具有这样工作条件的人包括他在内一共只有四人。

一天，我和 F 在位于西银座的代理店见面，两人对坐在一个作为代理店休息室的酒吧里，那里没有女人光顾，酒类和内部装潢并无特色，只是集聚着不少代理店的同事。

"是的。因为我生活在现实里，所以对于那些传言在维也纳、毛伊岛、波士顿以及卡萨布兰卡都见过爵士吧的暧昧说法根本不信，也没有兴趣。至于说在爵士吧里听到女歌手唱的标准爵士乐能安神静魄，我感觉这根本就是严重的退化。"

"那么说，你也去过那种爵士吧啰？"

"哦，你这样说，我倒想起有这么一回事，不过是不是你所说的爵士吧，我也不知道。地点好像在青山一带，叫什么名字记不清了，就在德国人聚集的啤酒馆旁边。噢，不，就是滑雪场的一家小店。"

"你还是没有讲明白。"

"嗯，其实那天我并没有喝得烂醉，我记得很清楚，就在青山一带。"

"真的是在青山一带吗？"

"别逼问，给你这么一说，我的自信都崩溃了。要是当时和谁一起去那儿就好了。噢，我明白了，因为大家都说如果不是独自前去，爵士吧的门是敲不开的。难道不是吗？我当时其实是带着疑问乘出租车去那儿的。"

"疑问？"

"嗯，这是我一个人时经常思考的疑问。我过去一直有个梦想，要在美国的百老汇歌剧院上演一部歌舞剧。而且我也认为现在的工作只是实现这个梦想的必要台阶。因此，每当工作劳累时，我就会扪心自问：'这真是台阶吗？在这个国家，能调集资金的都是些傻瓜，我什么时候才能实现自己的梦想呢？'这样的疑问有时简直就像一种气息那样包围着我，我记得那天夜晚也是这样。我坐在出租车里，司机正津津有味地听着广播里巨人队[1]的夜间比赛实况。我问司机道：'你是巨人队的球迷吗？'司机随口应道：'也算是吧。'接着又道：'我只是习惯性支持巨人队而已，并没有特别喜欢的选手。'这时我似乎感到那笼罩在身上的疑问顿时消散了。他见我不作声，临了颇有些落寞地补充道：'真要我说的话，我还是喜欢长岛。'"

"长岛？"

"是的，就是那个长岛茂雄[2]。如那个司机所言，到头来还是长岛，他是辉煌的象征、战无不胜的英雄。长岛引退时像丢了魂似的，说到这里，我想到当年《少年 Magazine》和《少年 Sunday》经常在封面上刊登长岛的照片。"

"他是王者嘛。这种情况在相扑选手中也是常有的。"

"是啊，但我一直在想，为什么现在很少有这种情况呢？比如说像千代富士[3]，就没有登在少年杂志的封面上，清原[4]也没有。其实，清原的素质和实际战绩明显地超过长岛，他的棒球迷也在不断增加，现在的问题是，为什么这些明星不在少年杂志的封面上出现呢？你知道现在少年杂志封面的情况吗？除了美女头像就

---

1 日本职业棒球队名，全称为"读卖巨人队"。
2 日本职业棒球手（1936—　），曾效力于读卖巨人队，退役后担任教练，2002 年出任日本棒球队总教练。
3 日本相扑力士（1955—2016），第 58 代横纲。
4 清原和博，日本职业棒球手（1967—　）。

是各种新潮的服装，还有那些傻乎乎的少女笑脸和意大利服装，有时还刊登流行的发型。我在想，为什么现在会变成这样呢？"

"是没有英雄了吗？"

"你错了，世态在发展，英雄不再是崇拜的对象，相反成了被唾弃的绊脚石。英雄是郁闷的，情形和过去不同了，长岛只是那个过去的象征。我这样想着，像掉进了空中的陷阱那样感到极度寂寞。说到底，孩子的表现是大人心态的反映，因此现在少年杂志封面上登的全是女人和服装，除此之外就是汽车。我说的话你信吗？真是不合情理。这个问题比环境问题更为严重。我那时候没怎么喝酒，神志非常清醒，我对此感到害怕。在爵士吧边走边喝的时候突然见到了那富有怀旧感的霓虹灯，同时看到了一个旧式打扮的外国女人正在唱歌，那歌唱的方式也是濒于消失的古旧唱法。"

> 如朝暾一般温柔，
> 新的一天在爱的光芒中悄悄来临。
> 太阳从地平线逐渐升腾，
> 火红的光轮变得更大更圆。
> 炽热的亲吻封住了
> 所有背叛的誓言。
> 令人激动的爱之情热，

恋爱永远是未知的

把我引向了欢乐的天国。

失去了爱的激情，

又使我掉落在痛苦的地狱。

那是所有故事的结尾，

像即将落山的夕阳一般温柔，

就是给予你辉煌的爱之光芒

也将在暮霭中彻底消失……

携我奔月

FLY ME TO THE MOON

"意大利真好。"幼年时期的好朋友 K 这样对我说道。

此时，我俩正坐在和意大利完全没有关系的东京近郊新兴住宅区的一家酒吧里。最近， K 就在这酒吧的附近安了家。

"你觉得意大利哪里最好？"我看到 K 有点寂寞，为了活跃一下气氛，故作轻松地以意大利印象为题问道。

"哦，那可多了。无论是女人还是菜肴，所有的一切都堪称一流，但不管怎么说，最好的还是那儿的酒吧。" K 一边环视着酒吧，一边回答道。

我心想，这个酒吧不管怎样说应该算是好的吧。它集中了过去流行的都市中心的咖啡吧和传统酒吧的优点，虽然不是一流设计师设计的，但也不是根据平庸的老板喜好决定建造的，是个大体不错但还不够完善的酒吧。

K 对此解释道："我说最好的酒吧，主要是指酒吧的侍者。不论哪个国家的优秀侍者，都比不上意大利人，他们完美地糅合了粗犷和典雅的风格，都能调制绝佳的鸡尾酒，还有从饭店的高级酒吧到街中心劳动者聚集的廉价咖啡馆，内部装潢似乎有一种统一的感觉，客人们呆在里面都能悠闲而充满自信地喝酒喝咖啡。"

"自信？"

"实际上，酒吧和客人之间有一种互相协调的关系。你看，这个酒吧怎么样？"

"还算不错吧。"我答道。其实要我提出这酒吧缺点的话，真的能列出许多，但转念一想，说这酒吧不好，就等于说 K 住处的坏话，于是打消了实话实说的念头。 K 的工作主要是策划和组织音乐会以及其他各种活动。他工作出色，获得了极大的成功，所以有段时间他老带我一起外出，玩得阔绰而尽兴。他原来住在市中心的高级公寓，后借口家庭问题又在郊区买了一套房子，我从没问过他这个"家庭问题"的内幕，因为我想有关家庭的私事，只要他本人不说，旁人是不应该随便问及的。

"你说这酒吧还可以？" K 有些不满地跛起眉头，"像你这样的回答实在是太客气了。你过去也是这样的，从来不指出别人的缺点，就是真的讨厌对方也不明说，总是含糊其辞。如果大家都像你这种性格，世界上就再也没有吵架和战争了。其实我想说的是为什么我经常到这个酒吧来喝酒，你明白吗？"

我茫然地摇了摇头。

"我是为了认清现在的我而来这家酒吧的。我不认为东京的酒吧都是正宗的，不过其中有不少确实也不输给那些意大利的酒吧，只是缺少独创性。而这个酒吧，别说什么独创性了，什么也没有，只能打零分。这里的占列鸡尾酒你喝了吧？味道怎样？哦，我知道的，你不用说了。你看，那些站在吧台中间的侍者正在按照培训学校学到的要领倒入规定分量的酒水，然后再按照老师教授的要求摇晃鸡尾酒混酒器。这样做是根本不行的。调制鸡尾酒，首先是要集中一定力量。它最讲究的是摇晃的速度，只有掌握这最基本的要领，至于后面的步骤不说也能明白。你再看那酒架上放着不少好酒，里面有各种正宗的纯麦芽威士忌酒，也有放了一定年数的波尔多葡萄酒和雅文邑白兰地，这些都没有特别的意义，仅仅是摆设而已。再看看这里的装潢吧，用的都是高档的板材，灯具和椅子也一定是意大利的产品，布局却很差。你知道这是什么原因吗？"

"我想这主要是经验的问题，当然也可以说是传统的观念问题。"

"确实如此，只有亲身去过高档酒吧的人，才能恰如其分地评判这家酒吧是好是坏。我来到这家酒吧，喝了乏味的鸡尾酒，才清楚自己到底是什么样的人。"

我不喜欢他的这种说法，自嘲并不好，因为自嘲无异于自慰。

K好像看穿了我的心思，道："我这不是自嘲，自认为还没有落到这一步田地。我今天是要和自己的情绪作斗争。"

"情绪？"

"是的。这家酒吧无论怎样努力也无法制造情绪，首先它的氛围不行，顾客不会受这儿氛围的影响而陶醉。一个人如果失去了动力，就容易产生感伤情绪吧？为了自己的工作，我今天要竭尽全力排除感伤情绪，你明白吗？"

我问道："我明白你讨厌这种情绪，但也无需有这样激烈的态度。你今天确实有点奇怪，难道碰到了什么不顺心的事吗？"

K听了若无其事地回答："这纯粹是一时出轨。我现在正值壮年，爱上了一个二十二岁的姑娘。你知道，我也十分珍爱自己的老婆。她在我还没出头的时候就全力地支持我，理解我。那个二十二岁的姑娘，怎么说呢，她的脾气有点与众不同，和我好了以后就一心要跟我生活在一起。她只是个年轻的舞女。当然，对我来说怎么都无所谓。我俩曾有过春风一度的经历，后来为了不影响家庭，这种暧昧关系解除了。我不得已在这儿买了一套新居。我要说的就这些了。"

"那个二十二岁的姑娘后来怎样了呢？"

"她去了纽约，但和我俩的事情没有关系。她过去总是说想去那儿，所以这次去一定是抱有某种目的。我和她总算脱离了关系，新的生活又重新开始，我也确实感到太累了。这时我突然发现自己好像失去了什么，哦，不是。这不是失去，而是我本来就没有的。"

听了 K 的话，我很想问他有没有听到过爵士吧的事，但犹豫再三，还是不敢挑明这个话题。因为我觉得一个在郊外购买住宅的人，无论是出于什么目的，也没什么可能去过那种爵士吧。也许 K 现在喝了这种乏味的鸡尾酒真的有点醉了，他开始详细讲述起了那个二十二岁姑娘的事情。 K 近乎自言自语地讲着，讲来讲去都是同样的内容：那个年轻姑娘是如何爱上自己的，我们又是如何认真地对待这份独特的感情。单调乏味。

我想， K 是无法战胜自己的感伤情绪的。

携我奔月，

我们在浩瀚的星空中尽情遨游。

如果要我坦诚相告，

就让我俩长久地相拥相抱。

我们的亲吻多么甜蜜，

我们的感情多么深厚。

我的心中永远留着你迷人的歌声，

你是我崇拜和敬爱的偶像。

我不再讳莫如深，羞于启口，

鼓起勇气，大胆地说出自己的心声，

我深深地爱你，直到永远……

K一定没有在传言中的爵士吧里听过如此美妙的歌声，不知这是他的幸还是不幸。我不明白，相信谁也不会明白。

我和老朋友在青山的一家酒吧喝酒。我喝的是兑冰块的波旁威士忌，朋友喝的是意大利红酒。朋友一直从事编辑工作，但一周之前突然离开了杂志社。我非常喜欢他编的杂志。杂志是他编的，不过他并不是杂志的总编辑。作为一名编辑，他经常去非洲、南美、中国，编过那里的特辑。他的编辑方针经常是"一个男人怎样生活才快乐"，这充分展示了他的个性。

当我问他为什么会突然辞职时，他淡淡地回答："我准备在非洲肯尼亚建造一家饭店。"

我听了不由大吃一惊："饭店？"

"是的。我要在那儿雇用强壮的黑人员工。那儿真是个好地方，到处都有野生动物，四周的景色像梦境一样美丽。"

"这真是你想干的工作吗？"

"嗯。你可能知道我过去和肯尼亚画家交往的事吧？其实从那时起，我的命运就和肯尼亚紧紧联系在一起了。我不断地和朋友深入讨论，最终下决心召集一批投资者，在那儿投资建造一家饭店。"

我想，如今像银行职员那样寒酸的编辑越来越多，而他的采访费随便算算动辄高达几千万日元，这人真是了不起。几年前我还在代理店工作的时候，我俩几乎每晚都见面，常常豪饮到天明。

朋友问道："我的事就这样了。你最近怎么样？"

"我不明白你的意思。"

"是不是还像过去那样喝酒？"

"唔，像过去那样喝酒到天明已经很少了，毕竟上了年纪。"

"我想这和年龄没有多大的关系，主要是不再感到无聊了吧。带银座的陪酒女郎去六本木喝酒，吵吵嚷嚷，或者在新宿二丁目看日出，这些都已经没什么刺激了。"

"那你还是觉得过去有意思？"

"嗯，这怎么说呢，我感到主要还是人的问题。现在上东京玩的人正在逐年下降吧？很多人不是去海外旅游观光，就是去海外工作，所以，现在东京的夜晚几乎看不到那些有趣的玩家了。"

他的话使我回想起几年前我们每晚一起喝酒的情景。那时我俩无话不谈，但不知为什么，这次见面，两人对当时讲的话一句都想不起来了。那时我们喝酒闲聊,既不讨论问题,也不讨论有实质内容的话题,就是有关第三者的坏话也没有,至于当时的状况和事件更是绝口不谈,只拣自己有兴趣的事情信口道来。关于女人倒说了不少,但也是意气平平,没有自吹自擂和牢骚满腹……通过鼻子的黏膜吸食可卡因的话,对提高男人的性功能很有效……这样啊,那我以后去南美时亲自试验一下……我俩喝酒时一直漫无边际地说着这种无聊话,谈话的水准和小学高年级学生差不多。

只有一件事,我俩应该都记得很清楚。那是在我制作的一部音乐剧风格的电影遭到惨败的时候。一天晚上,我俩来到一家当时极为流行的咖啡吧喝酒,酒吧里正在播放一部由迈克尔·杰克逊主演的热门惊险电影的录像。朋友对我刚说了半截话,突然手指着录像对我嚷道:"嗨,快看!那些黑人正在跳舞呐!哎,这舞蹈节奏太慢,不适合黑人。黑人的速度要快多了,他们过去一直是追着狮子跑的,而我们的祖先却一直是在田间小道上慢吞吞地走的……"朋友这样兴奋地说着,似乎是想转移话题,给我沮丧的心情带来一些慰藉。

朋友的问话打断了我的遐思:"你从什么时候开始来这家酒吧的?"

我摇了摇头。说什么呢?我也是今晚第一次来这儿。

"不是你说在这儿等着和我见面的吗?"

"你搞错了。我是说在这儿附近和你见面，但没有说具体的地点。我出门后慢慢地散步走到这儿，临时想喝杯酒，才走进这家酒吧的。"

"是吗？不过这家酒吧倒真是不错。特别是意大利红酒相当地道，坐在这儿的感觉简直像呆在北意大利的度假村里。"

这是个小小的酒吧。吧台前只有七八个高脚凳。店堂里放着三张桌子，客人只有我们两个。酒吧装潢以黑色为基调，虽不豪华，却给人一种稳重、宁静的感觉。墙上挂着几幅石版画，画中的女人都显露出忧郁的表情。酒吧的侍者只有一个人，此时他站在灯光的阴影里，看不清面容。

"喂，里面是餐厅吗？"朋友指着店堂里面的一扇门问侍者。

"那不是餐厅，"侍者回答的声音有些古怪，听起来像是老式录音机里发出来的，"是演奏爵士乐的地方。"

"爵士乐？"朋友猛地一惊，接着轻声对我提议道，"我非常喜欢布鲁斯音乐。哎，咱哥俩一起去看看怎么样？"

我俩各自拿着自己的酒杯走过去，打开了那扇神秘的门扉。门口挂着厚重的缎子门帘。拉开门帘，就听到了一片悦耳的声音，那是里面客人的窃窃低语声。舞台演出好像才开始，由于光线昏暗，看不清客人们的面容。钢琴家开始演奏一首曲子的序曲时，朋友突然对我提起了往事。

"真的要感谢你。你知道我曾经和一个像画中美人那样可爱的姑娘分手了。分手时，那个姑娘哭得很伤心。那以后你并不在我面前问那事，而是在唱卡拉 OK 的时候特意为我唱了首《携我奔月》。那时我的心情很不好，听你轻声唱起那首快乐歌曲，我顿时就舒畅了。"

朋友的话使我依稀回想起当时的情景。我记得他和情人分手时的情形，说到伤心处，那女人一边哭一边还吃下一大块蛋糕，说"真好吃"。蛋糕确实非常好吃，但在这种状况下竟然有兴趣吃蛋糕并说出"真好吃"的感觉，说实在的，我感到这样的女人十分可怕。

携我奔月，

我们在星空中尽情遨游。

金星和火星的春天妙不可言，

我们尽情玩乐，流连忘返。

甜蜜的亲吻，甜蜜的心语。

已把我俩紧紧地连在一起。

你说要永远为我歌唱，

我也永远伴着你的歌声唱出内心的情爱，

你是我的一切，

不能对我有任何小小的谎言，

因为我们携手奔月，

彼此说出了爱的誓言……

　　当酒吧的女歌手唱出这首充满激情的歌曲时，我终于感觉到这儿就是传言中的爵士吧了。我和朋友完全沉醉在这神秘的气氛里，我们点了几首歌还兴犹未尽，也不考虑什么时候离开这个爵士吧，索性开怀畅饮。不知不觉间，我俩又像过去那样豪饮到了天明。尽管烈酒醉人，但我依然保留着些许的清醒和一份疑惑：难道为了我这将去非洲的好友，那可望不可即的爵士吧终于对我敞开了门扉？

　　自从和准备去非洲的朋友一起去了那个传言中的爵士吧后，我有两三天没工作。并不是不能工作，而是我知道自己年近四十以后，心里越是有惦念，干事务性工作就越会走神。

　　我一天要会见几批客人，浏览企划书、合同以及广告片的分镜头，接听十几个电话。这是每天一成不变的工作量。我平时要求自己必须干净利索地完成当天的工作。

　　自那天以后，我经常想起在爵士吧里听到的《携我奔月》。其实，我自己能用英语唱的歌曲只有几首，《携我奔月》就是其中之一，歌词都已经大致背出来了，说明我肯定听过这首歌各种各样的改编和各种各样的歌手几百次的演唱。但在那个爵士吧里，那个女歌手刚一开唱，就给我留下了十分新鲜、奇妙且令人怀念的感觉，以致听着那首歌，我在椅子上都坐不稳了。我平生从未有过那样的情况。

此时，我不由想起自己曾从一个喜好看电影且上了年纪的朋友那儿听来的一段话。

我的朋友告诉我，二战结束不久，他听说英国导演拍摄了一部著名的影片《第三人》[1]，很想早日一饱眼福。当时日本还未进口那部影片，先到手的是影片的音乐磁带。影片的主题音乐是由安东·卡拉斯[2]用齐特琴弹奏的，当时已风靡世界。于是，他每天听着那影片的音乐，耐心等待着观看电影的日子到来。两年之后，终于能在日本看到那部影片了，当片尾字幕的背景画面上出现齐特琴的特写镜头并响起主题音乐的时候，他忍不住流下了激动的泪水。

那位朋友颇为感慨地说道："让你见笑了，这也是没办法的事。那时我们觉得世界上的事物都是那么美好，即使是廉价平庸的东西也视若珍宝。"

我的心情也许和朋友的十分接近。他为了能在电影的片尾字

1　由格雷厄姆·格林编剧、卡罗尔·里德执导的影片，于 1949 年上映。
2　奥地利齐特琴演奏家、作曲家（1906—1985）。

幕的背景画面上听到这段音乐，无意识间听了几百遍录音磁带，而我为了能在爵士吧里听到那首歌，尽管没有事先听过几百次，但所作的努力也远远超过了掌握那首歌曲之所需。我想，在进行神秘的体验上面，我的执着痴迷与朋友十分相类。

有关爵士吧的事，大概也只能用"神秘"这两个字来概括。

除了海外的特殊场所，大多数去过那个爵士吧的人为了确认，一定会再去同一个场所、同一家酒吧，我也不例外，第二天立刻去了青山一带寻找。首先找的是我和那个要去非洲的朋友一起进入的那家酒吧，却意外地没有找到。白天寻找无果，晚上再去仔细查访，进了几家有点相似的酒吧看看，结果还是大失所望。

无奈之余，我只得反复地问自己：那家酒吧的装潢究竟是怎样的？酒架上放的是什么酒？那个侍者长得怎样？但我的记忆始终模糊不清，只记得那儿有一个吧台，有两张桌子，多的话可能是三张桌子，店堂内光线相当昏暗，播放什么音乐根本想不起来，只知道音量很低，也许是有意控制的吧。侍者的具体印象一点也没有，当时喝什么种类的苏格兰威士忌也记不清了，只记得是兑了冰块，味道醇美。朋友喝的是意大利红酒，他当时还赞不绝口地说那红酒就像意大利度假村里的一样。

青山一家酒吧的店长听了我的叙述大感惊诧。我以前去过他的酒吧，印象里占列鸡尾酒调制得最好。店长问我道："那种酒吧是存在于现实中，还是存在于你的幻觉……？"

我一时无言以答。

店长又道："我认为那家酒吧几乎具备了好酒吧的所有条件。"

他的话无疑是正确的。那家酒吧所有的一切都显得有节制，侍者从不高声说话，拿出来酒也比别处好。如果是那样的酒吧，谁都会每晚去那儿消遣的。

店长接着说道："说那家酒吧好应该没错吧？你以前在情人节也对我提起过那个爵士吧。"

"不过那时我万没想到自己也会去那个爵士吧的。"

"你听到的那首歌不是很好听吗？是不是叫《携我奔月》？那首歌大家都知道。过去大多是作为巴萨诺瓦舞曲[1]来演唱的，节奏轻快，是地地道道的名曲。也许那是爵士吧女歌手特意选择了那首歌为你朋友演唱吧？至于动机，需要很奇怪的才行，你有没有想起些什么？"

经店长这么一说，我倒出乎意料想起了不少。第一次去纽约时，我去给当时交往的女友买衬裤，发现一条真丝裤的设计特别富有刺激性，上面用金色的丝线绣着"携我奔月"的英文字母，真是漂亮极了。我高高兴兴地买下了那条衬裤，心里还十分得

---

1 兴起于上世纪 60 年代的一种"新派音乐"，起源于巴西的桑巴音乐，传入美国后，深受爵士乐界的喜爱。音乐风格轻松柔和、庸懒甜美、浪漫性感。

意，没想到一次酒醉的时候，我把它当作礼物送给了别的女人，而自己还误以为已经给了女友，有次甚至在女友面前意味深长地唱起了那首歌。当我发现她没穿那条衬裤时，不由勃然大怒："为什么不穿我送给你的礼物？"后来，主要是为了这件事，我俩落到了分手的地步。

店长听了我的故事，露出似信非信的神色："我看你讲的故事还不能成为你去爵士吧的理由。"

我又想起了一个事例。那首歌曲最后的副歌部分的歌词应是"在其他的话语中"，而我老是把它错听成"在其他的世界里"[1]。

"哦，这种事倒也不是没听说过。"店长道。

"意思可有很大的不同。"

"不过我觉得，为了纠正你听觉上的错误，爵士吧就向你打开了大门，这种说法是不成立的。至于你为什么能去那儿，我也不明白。那个爵士吧究竟在哪儿呢……噢，不对，其实你还没弄清楚自己是否真的去了那儿。"

"所以，你的结论是……？"

"不，这只是我个人的梦想。如果那个爵士吧的门真的打开的话，该多好啊。想想看，那酒吧，那爵士乐，多么诱人啊。"

1　是指把 in other words 错听成 in other world。

"我要怎么做才能使爵士吧的门第二次为我打开呢?"

"把听错'话语'和'世界'这种事情再往极限里推一步怎么样?"

携我奔月,

我们在浩瀚的星空中尽情遨游。

你告诉我,

在火星和金星得到的是无重力的爱,

但我想在别的行星上紧紧地把你拥抱。

亲吻的甜蜜依然如故,

我的心中满是爱情的恋歌,

我要永远为你歌唱,

你的一切都是我的骄傲。

所以我深深地祈愿:

在别的行星上,我们坦诚相待,

在别的行星上,我们彼此信任,

在别的行星上,我爱你到天荒地老……

我和代理店时期的朋友偶然相遇。

那是在六本木街角新建的一家简易的啤酒馆里。最近啤酒厂商为了扩大生意和影响，利用街边狭小的空间，挤出五十坪[1]左右的地方造了那家啤酒馆，平时去那儿消遣的几乎都是二十来岁的年轻人。我那天出门虽然过了下午三点，但艳阳依然高照。为了滋润一下干渴的嗓子，我信步走进了啤酒馆，没想到一进门就看到我那朋友正沐浴在夕阳下，慢慢地喝着啤酒。

我高兴地上前和他打了招呼，然后就在他酒桌的对面坐下来。

"嗨，真是太巧了，我就觉得可能要和你见面了。"我刚入座，朋友就说道。我和他是同期进公司的，安排的工作也相同，但他只干了两年就辞职了。他是关西一家制药公司老板的独生子，高中时期是摩托车飙车族的头头，是个极有个性的男子。我至今还清楚地记得他辞职后流露出的如释重负的神态。其实他并没有特别的才能，只是对自己的个人存在有一种莫名的迷恋，总觉得在别人身边工作会矮化自己。他就是这种类型的男人。我没想到像他这样的人也想和我见面，听他这么一说，内心也颇为感动。我们已经十四五年没见面了。

"看来你也从公司辞职了？"两人用大啤酒杯碰杯后，他淡淡地问道。我微微地点了点头。

1　日本面积单位，每坪约合 3.3 平方米。

酒馆四壁贴着纤维板，里面满是朝西的阳光，空调声低吟着，但没有多大的功效。室内的湿气一味地加重，不一会儿，我们的额头都沁出了汗珠。尽管如此，我们的心情还是十分愉快。

"你怎么也进了这家鸡毛小店？"

我道："只是口渴了想喝杯啤酒，另外我还感到，在这儿可能会听到什么新奇的社会轶闻。"

"我也是这样想的。如果光是口渴，到茶馆不就行了？再说街道上每隔一百米就放着一台自动饮料销售机，要喝啤酒到处都能喝到。但不知为什么，我还是鬼使神差地来到这家小店。我是十五分钟前进来的，那时店里充满着阳光。我为什么要这样做，自己也不知道，只是想进来歇一歇。真是怪事。这仅仅是十五分钟前发生的事，而且是自己决定的。当看到你也进入这家小店时，我突然觉得我之所以进入这家闷罐似的小店，完全是为了和你见面的缘故。嗨，这事真有点神秘感，不可思议呐。"

朋友这样说着，一口气干了大半杯啤酒。我见他穿着宽松的夏季西装，里面一件暗色花纹的衬衫，不仔细看，还看不出来上面印着的是花的图案。这次的邂逅要说神秘也许有点夸大其词，但我确实觉得我的行动可能受到了某种自己意志之外的力量的支配。这种情况在单身外出旅行时尤为明显，例如走在陌生的大街上会随意进入一家酒吧或者餐馆，这时我就想，这不是自己主动选择了那家小店，而是那家小店发出的神秘力量把我吸了去。

朋友的话音打破了我的沉思。"听说你去过青山的那家奇妙的酒吧？"

　　我明白他指的就是那家爵士吧。看来他是从那个要去非洲的朋友处得知消息的。那个去非洲旅行的编辑是我俩共同的朋友。

　　朋友又道："我辞职后究竟干了些什么，你也没有问一问。当然问不问都无所谓。现在的问题是那个爵士吧，它到底是个怎样的酒吧，你能告诉我吗？"

　　我喝了啤酒解渴后往往谈兴大增，只是有时找不到谈话的对象。这次既然他这么问了，我也就一口气滔滔不绝地讲了起来，甚至忘了对方是多年不见的老朋友。我谈到了自己和那首《携我奔月》的关系，以及和朋友进入爵士吧后感受到的奇妙氛围，还有刚打开爵士吧门扉时听到的客人的嘈杂声，接着又谈到了爵士吧里的那个似乎在哪儿见过面的女歌手，最后才提起去过爵士吧后产生的倦怠和脱力感。

　　"是这样啊？说是搞不清状况，但其实还记得挺多的嘛。"

　　朋友提出这样的疑问，使我多少有点不快，甚至对自己过于袒露的直白有点后悔了。我似乎感到朋友话里有这样的意思："你虽然看上去很惊讶，可这样的事情其实也没少遇见。"

　　朋友大概已经察觉了我此时的心结，先稍稍表示了歉意，然后开始说明事情的原委。

"……我这个人个性很强，总被人看作放纵无羁的典型破坏型人物，其实我并不是这样的人。长期以来，我一直想在没有父亲影响力的地方生活。我父亲开着一家规模很大的综合型制药公司，不光生产药品，还涉及生物制品和食品的所有领域，而我则认为能摆脱父亲的影响独立生活是件了不起的事情。我这样做几乎是跟整个国家制度对着干，这个道理你明白吗？我销声匿迹离开家庭去伦敦留学，起先靠课余帮餐馆洗碗打工来维持生活。没几个星期，我突然发现父亲不知什么时候在我的银行账户里汇入大笔钱款。当时我就想立刻采取行动逃离伦敦，去印度、非洲或者南美那些没有父亲分公司的地方，但反复考虑下来，我还是喜欢大都市，所以最后决定偷偷去纽约的下城谋生。但不管我走到哪儿，父亲的钱款还是追着汇来。于是我改变了原先的想法，决定把父亲的钱一股脑儿用来开家迪斯科舞厅。我不懂经营，要去招聘一位职业经理，结果找到了一个合适的人选。那个人过去属于 60 年代美国风靡一时的'垮掉的一代'，不过现在早已失去了昔日的风采，长长的头发不见了，只留着一个光秃秃的脑袋。他在纽约成功经营着十几家迪斯科舞厅和俱乐部。那人是俄德混血儿，是个无论建设还是破坏都敢赌一把的敢作敢为的男人。据说当年他开的俱乐部曾经聚集了许多高档客人，但后来发现有乡下人混杂其间，他就毅然关掉了那家俱乐部。其后他又反复地开、关、并、转，经过三十年的不懈努力，终于成为纽约俱乐部行业富有传奇色彩的领军人物。我第一次和他见面时，他突然问我：'你知道《携我奔月》那首歌吗？'我点了点头，他又问：'你是怎么想的？'我一时不知道该怎样回答，便沉默不语。他接着说：'那首歌其实隐去了所有真实的内容，你明白吗？'不知为什么，他对我提出这个问题时，脸上真的露出了悲伤的表情。当时我并不知道其中的内蕴，于是那家伙便在东村地上二十三层的楼顶，在满是映照着哈得孙河的夕阳光芒的屋子里，把身子埋进意大利真皮沙发，面带着好像世界上所有的希望都已毁灭的悲哀表情，用枯涩的嗓音唱起那首歌来。"

携我奔月，

我们在浩瀚的星空中尽情遨游。

不同的行星，

也许会带来不同的绮梦。

那火星的……那金星的……

我只想对你发出真挚的爱语：

请你紧紧地拥抱着我，

亲爱的，让我们甜蜜地接吻。

你的一切都是我的骄傲，

所以……

携着我去奔月，

"听人那样悲伤地唱着《携我奔月》，我还是生平第一次。他唱完后，眯起眼睛眺望着哈得孙河上的夕阳，好一会儿没有开口。"

朋友说到这儿又向侍者要了一瓶啤酒。那位男侍者身穿印着蝴蝶领结图案的Ｔ恤，下面是绸缎的运动裤、高帮运动鞋。由于街道对面高大建筑物的关系，只有这个如同闷罐子的封闭狭窄的小店笼罩在夕阳的光热之中。

这是有点儿奇妙的感觉。世界上只有自己待的地方位于聚光灯下……

朋友继续说了下去："那家伙唱完歌后，等待着我如何反应。我觉得，他是把我对这首歌的反应当作是否愿意做我经理的判断依据。当时我也不知道怎么办才好，只是说我认为现在这首歌还是按巴萨诺瓦舞曲的节奏处理比较好。他听了，足足沉默了二十几分钟。没想到过了一会儿，他突然笑了起来，问我要不要听听他经营迪斯科舞厅的计划。我当时也不知道为什么，竟然下了决心聘他做经理。于是，我们共同筹建了那家名叫'丘比特'的迪斯科舞厅，获得了极大的成功。"

"那是个怎样的迪斯科舞厅呢？"我喝着第二杯啤酒，关切地问道。

"按现在的眼光来看，那个舞厅是极其普通的。电气的配线和其他配管都裸露在墙外，电梯也是带铁栅栏的那种老式电梯。为什么会那样呢？我完全是仿照电影《银翼杀手》里的场景，有的地方甚至有意让水从天花板上'嘀嘀哒哒'掉下来。此外，我还特意弄坏一段配管，让烟从中冒出来。那家迪斯科舞厅虽说只经营了两年就关了门，可还是取得了良好的业绩，我也第一次切身体会到了自由的感觉。"

"那后来你又干了什么呢？"

"后来，又是好运不断。我现在是纽约俱乐部行业的名人，有时还和来纽约游玩的日本女演员和舞蹈家厮混，干了不少荒唐事，甚至一起吸毒。在经营方面，我采用日本茶道的样式，在纽约七十七街开了一家高档酒吧。那家酒吧如今还在，只是经营者换人了。"

"那么，那个传说中的经理也一直干得很好吗？"

"嗯，不要急，按着顺序听我说。他其实是个古怪的家伙，虽然作为经理制定了经营计划，实际上却什么都也没干。经营的实际思路全部是我自己想出来的，舞厅灯光师、调音师的招聘也是我一人决定的。但话又说回来，我聘他当经理，也借了他名头的光。说真的，他的名头有很大作用。用他的名字去银行贷款立刻畅行无阻，至于其他各种工作人员，比如说灯光设计师、电脑系统的工程师，都是他介绍的。那些人不管自己本身的工作多忙，只要他去一个电话，就立刻赶来。对那家伙，我是说不好，总觉得他在人际关系上具有催化剂一样的功能。我们就是这样互相利用着结合在了一起。'丘比特'成功开业一年之后，我有了一个二十四岁的女朋友，是日本女演员，她有个金主。说起来也是常有的事，那个女人出身低微。那个金主既不是房产商也不是股东，详细情况到现在也没搞清楚。我当时就装酷对她说道：'我从没想过要把你从他的手里夺过来。'那个女人看上我也许是我比她金主有钱的缘故，不过我做人的原则是绝不会把属于别的男人的女人占为己有，现在也不会有这种想法。我和那个年轻的日本女演员在纽约相识，带她去加勒比海游玩，在意大利的度假村住过几天，以后又去了意大利的卡普里岛、科莫湖、伊斯基亚、圣雷莫、西西里岛等地。我把一个三十五岁的男人尽情游玩的快乐全部都体味过了。不过，我越是喜欢那个女演员，越是忘不了那个金主的事。那个女演员终于也察觉了这一点，她对我说：'你不想把我夺走是你不爱我的缘故。'最后我俩不欢而散。如果我是个有才能的电影导演，就会起用那个女演员去拍电影，或者走别的什么途径，可我干不来那些，只好在罗马跟她告别了。就在分手那天夜晚，映照在特韦雷河上的月亮非常美丽，我去了和你去青山情况相同的爵士吧，听到了那首《携我奔月》。而后我又返回纽约，把我的经历告诉了那个经理。那家伙听了微笑起来，对我说道：'经营那个爵士吧的人就是我呀。'"

"哎？这是怎么回事？"我瞪大眼睛望着他，不慎被啤酒呛了一口。

"听说那家伙经营着那个爵士吧，具体经营方法他没说，只是告诉我并不光靠物质的力量。据说他十三岁就在他母亲流亡地的德国农村疗养地里开出了第一家酒吧，以后又陆续在全世界范围内经营过近五百家酒吧、夜总会、迪斯科舞厅。其中最好的就是那家爵士吧。你听了这事会怎么想的？"

我回答不上。即使听说那个记忆模糊的爵士吧还有个经营者，我也不可能回答得上来。他说并不光靠物质的力量经营，这句话究竟是什么意思呢？

朋友又道："据说那个爵士吧是他的梦想。因此不管在哪个都市，不管在哪个度假村，都会出现那个爵士吧。那里有甜蜜倦怠的女歌手，有美酒，客人的记忆都是模糊的。也许是吹牛吧，他亲口对我说过，那个爵士吧参考了电影《闪灵》的主角杰克·尼科尔森顺路进去过的那家舞厅的酒吧。"

朋友说到这儿不再言语。我们彼此沉默着干了第三杯啤酒。

临别时，朋友给了我一张名片，告诉我他现在已离开了纽约，正分别经营着巴黎、米兰和罗马三地的会员制健身馆。

那么，《携我奔月》中隐藏着的真实是什么呢？

我还能再一次进入那家爵士吧吗？去了能找到答案吗？

携我奔月，

我们在浩瀚的星空中尽情遨游。

火星和金星的春天究竟有多美丽？

我真想去那儿作一次甜蜜的体验……

因此，

请带着我去不同的行星，

为了爱情，

我们将在浩瀚的星空中尽情遨游……

枯叶　AUTUMN LEAVES

25.

"是吗？简直像科幻小说。不过还是有奇妙的说服力。"

那天我亟想告诉别人有关青山那个爵士吧的事，尽管过了晚上十二点，我还是决定出门去一家酒吧聊天。

我坐在酒吧里，喝着占列鸡尾酒和店长聊了起来。我知道能谈论那个爵士吧的人极为有限。首先对女人不能说。那些不能理解男人本质上的弱点，即不能理解男人的非决断性或暧昧性的女人，即使告诉了她，我自己也会随后感到乏味的。如果对能理解男人弱点的女人说起这事，那更是把优势奉送给她们。

对男人说也是有条件的。经济上不能没有饥饿感，用以前的话来讲，就是必须饿其体肤，必须懂得自己会毫无理由地沉溺于某种生活状态，能够客观地审视自己，必须有能够自我厌恶的智慧，而且还必须喜欢美酒和爵士乐，最后还要有宽容自己的良好教养。

这位店长具备上述所有的条件，他总是彬彬有礼地听我讲话，谈及爵士吧的事也是如此，而绝不会伸长脖子好奇地"后来呢？后来呢？"问个不停。

我反问店长道："为什么你认为有说服力呢？"

店长回答："尽管故事的情节有些模糊，但给我的印象是那个世界是确凿无疑存在的。"

"嗯？这是什么意思？"

"感觉以前什么时候好像说起过，这个爵士吧确实具备了一个上等酒吧的条件。"

"你是指那儿迷蒙的灯光和训练有素的侍者？"

"是的，当然还有美酒和令人心旷神怡的音乐。那样的条件似易实难。"

"你说这个酒吧这么完美，可总还有些不够自然的地方吧？其中的原因我还是有点不明白。"

"从某种方面来说，酒吧的一部分是客人造就的。客人确实是酒吧招徕的，但仅靠酒吧本身，也是无法营造那种氛围的。还有……"

"还有？"

"我很留意那首《携我奔月》。"

"留意？"

"我也说不好，作为名曲，知道的人太多，但这点姑且不论，总感觉有些陈腐。"

"你用陈腐这种说法好像太严厉了。我非常喜欢那首歌，不过我明白你的意思。你是不是说，它给脏手摸过了，染上了一股古怪的味道？不过这是因为……"

"可以说爵士乐整体上都是这样。据说现在纽约的爵士乐俱乐部里都是些乡下人和日本游客。"

店长说的意思我很明白。我说的古怪味道正是指这一点，但我讲不出能很好地说明这个问题的话来。拿爵士乐和莫扎特这些音乐大师的作品相比是行不通的，比如说，莫扎特的作品没有给脏手摸过。那披头士又怎样呢？披头士尽管一开始就出自脏手，但它并不陈腐。

"不过，《携我奔月》发表时应该是十分新鲜的吧。"

店长道："《携我奔月》这首歌我越想越觉得是名曲，不过听的时候总觉得有种害羞感，这是怎么回事呢？"

"听《携我奔月》这类歌曲，瞬间会有羞涩感，胸口真的受到了压迫。"

"我想这不仅仅是一种伤感，在爵士吧里，除了伤感应该还有其他的情感吧？"

"怎么说呢，我也不很清楚，具体细节都模模糊糊的，留下的只有那种气氛。"

"如果这样说的话，我们大家的记忆不都一样了吗？留下来的永远是气氛。"

"不过，人们对维斯康蒂[1]电影里冲锋队屠杀暴行的朝雾一定会记得很清楚。我觉得我们说话老在兜圈子，理不出个头绪，这是怎么回事？你想去那个爵士吧？"

"嗯，一定要去一次。不过轻易是去不成的。"

"为什么？我那时也以为爵士吧的门扉不可能打开，可还是打开了。"

"你还想再去一次？"

"是的，想去。"

"那是像毒品一样的东西吗？"

"毒品是随便走到哪里，只要肯冒险，总能搞到手的东西。"

"那你去一下纽约怎么样？"

"为什么？"

"到那儿和你朋友聘请的经理见见面不是很好吗？"店长半开玩笑地说这话时，我的后脊梁古怪地抖了抖。我是想去和那经理会面。

店长道："听说世界上已有几千人去了那个爵士吧，难道就没人怀着兴趣去调查这事吗？"

"带着摄像机去是不可能的吧？就算不是制作节目出售录像

---

1 意大利电影导演（1906—1976）。

带，光为自己取乐而作记录也是不可能的，这种事想一下就要浑身起鸡皮疙瘩。我也想过万一，万一今后抓住机会偷录一些东西，也许是我命里注定的工作。哦，这个想法实在太愚蠢了，我立刻把它从头脑里排除掉。有没有哪首老歌比《携我奔月》更加陈腐？"

"有啊，那首《枯叶》，怎么样？"

想象在那个爵士吧里听到《枯叶》时的情景，我的后脊梁又产生了异样的感觉。听说有些女人听了，也会有一种催情的冲动。

> 枯叶在窗前悄悄凋零，
>
> 红色的、金黄色的，
>
> 是秋树落叶的华彩……
>
> 我望着这多彩的秋的精灵，
>
> 不由想起伊人娇艳的绯唇，
>
> 夏日的夕阳下，
>
> 我们甜蜜地亲吻，
>
> 那柔柔的樱唇令我迷醉销魂。
>
> 她总是娇媚地偎依在我的身旁，
>
> 阳光晒黑的玉腕被我深情地把握……
>
> 伊人已去，时光飞逝。

苦寒的冬天即将来临，

冬之悲歌想必依稀可闻。

我失去所有的一切，

当秋的枯叶飘落的时刻

我失去了一切，失去了一切……

回来吧，我的爱人

LOVER, COME BACK TO ME

我开始做去纽约的准备工作。那儿有大量的业务等着我。

在那儿尽管只有短短的三天，但我要去签订购买有线电视台极有人气的财经节目的合同，争取纽约麦迪逊广场花园的马戏节目的播映权，还要拿到看起来销量不错的三个画家在日本的代理权，再去收集有关美国戴通纳车赛的广告赞助商的情报。除此之外，还有好几笔零星的业务。总之，我觉得纽约是一座人气特旺的大都市。

"是吗？你还是要去纽约？"

在青山一家号称汇集了世界上最多的纯麦芽威士忌品种的酒吧里，兼做经理的酒吧老板一边问，一边把今晚来店的一名男子介绍给我。

"他不愿意做拍摄女人那种没分量的工作，所以他的知名度目前还不太高，但包括我在内，很多人都是他作品的爱好者。"

店老板兴致勃勃地介绍这位来客。他是一名摄影家，年龄比我大五六岁。店老板说他目前还没有知名度，但对摄影稍有兴趣的人都应该知道他的名字。整个 60 年代他都呆在美国，发表了摄影处女作《幻觉》。其后，他和那些如气泡一般稍显即逝的同类摄影家完全不同，一直在现代摄影艺术世界里执着努力，终于构筑起了商业摄影家的稳固地位。

"不过……"摄影家轻轻地对我开言道，就像面对的是一个二十多年老朋友。他喝着爱尔兰纯麦芽威士忌，微笑着看我。

"不过，在这儿说些悄悄话也挺不错的。"他有些诡秘地对我说道。

店老板似乎察觉到他的想法，有意走开了。吧台的一侧只留下我们俩。

摄影家目光炯炯地望着我。我被这样的名人注视着，心里产生了一种莫名的羞涩感。

"和你见面，真有点意外。"他又说道。

"这是为什么？"

"听说你要去和那个有名的艾克曼见面，是吗？"

"艾克曼？"

"嗯，传说他经营着一家人们记忆中的爵士吧，难道不是吗？"

"哦，我不知道艾克曼这个名字。"

"你吸毒品吗？"

"我没吸。怎么问起这样的事来？"

"不是问你现在有没有吸，而是你喜不喜欢吸、是否经常吸。"

"我不吸毒。"

"我已经完全戒掉了。最近，警方围绕着迪斯科舞厅及相关的场所，发动了大规模取缔毒品行动。我那些朋友纷纷去国外避风头，有的逃到香港，有的逃到伦敦，真是谈虎色变哪。仔细想想，我们国家现在局势和平，社会治安非常良好，谈话也无需偷偷摸摸避人耳目。当然，我们今天谈的不是毒品，而是关于艾克曼，其实也用不着这样小心谨慎地说话。"

"艾克曼是谁呢？"我依然一头雾水。

"你真的不知道？他原来确实是个学者，我想是研究物理学的。当然，如今的物理学范围很广，和牛顿时代研究的振动原理完全不同。"

他自顾自说话的时候游移着目光，窥伺我的反应的时候又会一动不动地盯着我。这也许是他的性格使然，是那类喜好自己表述而几乎不听对方说话的人。不过他说话的声音低而柔和，和他在一起交谈不至于过分疲惫。我知道现在两人的话题最好就是艾克曼和爵士乐。像他这类人是不擅长聊天的，我这样的凡夫俗子也许根本不能做他的谈话对象。

摄影家兴趣盎然地问道："你在什么地方去了那家爵士吧？是

纽约吗？"

我道："是在青山。"

"可这儿也是青山。"

"246国道后面的小巷里，记不清具体的地址了，后来又去那一带找过，再没见到相似的地方。另外，我想冒昧地问一下，你也去过那家爵士吧吗？"

"没去过。"

"是吗？真叫人感到意外，那店老板为什么把你介绍给我？"

"我其实一直是个喜欢听别人说话的人，但不喜欢和同行纠缠在一起，原因主要是同行业的人话题受到限制，这是谁都讨厌的。我认为同行私下聚会是不足取的，那只不过是作品卖不出去的倒霉蛋和具有共同不满情绪的家伙发泄怨愤、互舔伤口的场合。我过去在美国的时候，正值LSD和迷幻剂大流行，朋友聚会吸毒聊天时我也是个旁听者。怎么说呢，跟我说话会产生一种安心感吧。那个期间关于爵士吧我听过三四回。我承认自己好像和女人不太有缘，或者说我讨厌胡搅蛮缠的女人。我虽然喜欢女人漂亮修长的双腿，但过于活泼的不太喜欢。我和那个艾克曼见过两次面，当然没有谈起那个超越时空的爵士吧，但从他的谈话中，我总觉得作为旁听者的我和爵士吧有着某种奇妙的关系。两个月前，我在一次酒醉的时候把这事告诉给酒吧的老板，所以他这次特意把我介绍给你。"

"哦，原来是这样。"

"我是个摄影师，因此十分讲究'时间'概念。"

"时间？"

"是的，拍照时不是经常讲的吗？拍照是撷取了时间上的一瞬间。你是怎样认为呢？"

"你说的我还不太明白。不过我认为，一张好的照片会使人感到永恒的意味。"

"是这样的。所以在情歌里，以'时间'为主题的不是很多吗？"

那时的晴空又高又蓝，

月亮也是初生的新月又弯又细，

我们的恋情是那样的纯美新鲜。

我那火热的心头充满着爱恋你的渴求，

即使在最后诀别的时刻，

心中还是一片爱的柔情。

那美好的时光已成过去，

你和我悄然分手，

突然去了未知的地方。

我那痛苦的心灵在悲歌，

字字句句化作深情的呼唤：

"回来吧，我的爱人……"

每当想起你那撒娇的习惯和可爱的举止，

更感到你走后的空虚和寂寞。

如今，我一人徘徊在当年你我散步的小路，

触景生情，

寂寞的悲凉袭上心头……

现在的晴空还是那样蔚蓝

但夜晚却是那样的清冷，

月亮还是初生的新月，

而我们恋情却悲哀地走向衰老。

惟有我痛苦的心灵在悲歌，

字字句句地化作深情的呼唤：

"回来吧，我的爱人……"

我不再微笑

I'LL NEVER SMILE AGAIN

"结果，尽管我们谈了各种话题，但后来发现‘时间’成了最大的谈话要素，艾克曼也对时间发表了自己的看法。"

　　"艾克曼是怎样说的？"

　　"我的英语水平不高，所以他说的原话没有完全理解，总觉得他的话很玄妙，说什么所有的欲望都在时间中产生……"

　　"时间产生欲望？是什么意思呢？"

　　"我也不太明白。我不擅长哲学，而他的话语里却充满着哲理，还说过‘人必须向蝉学习’。 cicada 的意思是蝉吧？ C、I、C、A、D、A？"

　　"向蝉学习吗？"我反问摄影家道。这时我大概已喝了三杯占列鸡尾酒，有点眩晕，脑海中浮现出爬在树干上的蝉的形象。

　　小时候我就觉得在所有的夏虫中，蝉是最可怜的。它身体笨重，没有自由感，蝉翼要比身体小得多，飞的时候必须快速振动羽翼。因此，它有着某种难以言喻的紧迫感。艾克曼说这句话也是这个意思吧?

摄影家道:"蝉是最接近人性的生物,为什么这样说你明白吗?"

"这是因为它身体笨重,羽翼翅太小的缘故。"

摄影家不置可否地继续说下去:"这道理我自己也不很明白,所以不知道能否讲清楚。怎么说呢?哦,是这样的。和身体大小相比,人类母亲的妊娠期算比较长的。就连大象,它的妊娠期好像也才两年吧?"

我摇了摇头:"不知道,这事一窍不通。"

"就算两年吧。小象在母胎里呆了这么长时间,刚出生时身体的机能却还是不完全。相比之下,日本斑羚则一出生就能站立,过一个小时就会走路了。"

"不过,那是因为如果出生后不会走路,就不能抵御外敌保护自己吧?"

"是的。人是社会动物,所以刚出生时身体的机能不完全。其实蝉也这样。它在幼虫时要在地下呆好几年吧?它是为了把自己从幼虫的形态养到成虫那样大的体形。蝉的原型是什么呢?是蝉科的基本型小虫,虽然和蝉很相像,但身体小得多,而且非常柔弱,有点像蝗虫,这个你一定不知道。我们小时候把那时的蝉叫作'假蝉'。"

"你说的是那种还没上树,只在草地里的幼蝉?"

"是啊，它就是蝉的原型。和它相比，成熟的蝉就像恐龙那么大了。"

"那为什么蝉要让自己的身体长得又大又硬呢？"

"我认为身体长大倒在其次，长硬是最重要的。为什么要这样想呢？因为蝉必须发出鸣叫声，而尖厉的蝉鸣声是空气与蝉的坚硬腔体摩擦产生的，所以蝉身上必须有很大的共鸣板。雄蝉发出鸣叫主要是为了吸引雌蝉。也就是为了生殖的需要。说白了，就是在雄蝉的领导下形成了这样一个生态循环系统。"

我又道："这也很难说，也许是雌蝉命令雄蝉这样做的。那艾克曼是怎样说的？"

"艾克曼没说到这种程度，只是说人要向蝉学习。刚才的话都是我后来自己想出来的。"

"你和艾克曼在哪儿见的面？"

"在他纽约的办公室里。"

"是不是在东村，有夕阳照射的房间里？"

"正是那个房间。"

我内心暗忖：我和代理店时期的同事见面时听他谈起的那个经理唱《携我奔月》的事，看来也发生在那个房间。

我试探道："跟你第一次见面，我就东问西问的，真不好意思，但我想知道你跟他那次见面是想给他拍照吗？"

"不，我的摄影展早已举办。我当时拍了许多纽约最有名的音乐家的照片，我对日常生活和未经化妆的面容没兴趣，只拍演出情景。比如卢·里德，我只拍他唱歌的表情，所以设定曝光的时间就比较长。有时曝光过度，我就作特别处理，看起来像抽象艺术一样。起先艾克曼也引起我的兴趣，但我们见面时海阔天空地闲聊，他谈到了时间的话题，说产生欲望的是时间，接着又谈到了蝉。至于他经营着超越时空充满着神秘色彩的爵士吧，我是事后才从纽约的摄影家同行那里听到的。"

我对蝉的问题提出自己的看法："为什么艾克曼说我们要向蝉学习呢？我想他的意思是，我们总在寻找生活的意义，或者说是寻求人生的价值，但蝉只是为了生殖才大声鸣叫，为了生长才选择呆在地下长达数年的生活方式。蜻蜓、蝴蝶以及所有的昆虫为了生存，通过进化使自己的身体变小变轻，以达到自由活动的目的，只有蝉经过几百万乃至几千万年的演化，顽固地不断努力使自己的身体变大。"

"你这种想法只能说是日本人的思维方式。像艾克曼那样的人，喜欢讽刺，又具有哲学性，我想他的话并没有这种训世的意味。什么不去寻求人生的意义，像蝉那样潜入地下生活数年之久，为的是长大后能有几星期交尾的快乐时光，持这种说法的人只能是在那方面颇具才能的老式小说家。我们难道不能想得更单纯一些吗？比如美好的时光太短了之类的。艾克曼也是这样想的。那些外国人不会苦恼地思考恋情为何那么短暂。我们日本人没有强健的体魄，所以也乐意接受这种短暂的爱情吧？外国人非常害怕幸福的时光稍纵即逝，所以在最佳的时间段拼命地纵情享乐，与我们相反，他们不创作伤感的歌曲，在日本这个国家也不会真的唱这种伤感的情歌。啊，你要是去纽约和艾克曼见面的话，是不是先给他秘书打个电话？去参观他最近用一艘拖船改建的俱乐部。你就说你是为采访来的……"

> 我不再微笑，
>
> 和你再度相逢之前，
>
> 我已不会露出惊喜的微笑。
>
> 怎么才能止住痛苦的泪水？
>
> 怎么才能度过失去你寂寞的时光？
>
> 我自己都失去了自信的能力。
>
> 浪漫的恋情业已终结。
>
> 但我绝对不会再爱上别人。
>
> 只要心中还深深爱着你，
>
> 绝不会用别人的身影填补空虚的心灵，
>
> 自己已经完全明白，
>
> 我不再微笑，
>
> 只是痴情地等待着
>
> 和你再度笑颜相逢的时刻……

恋爱永远是未知的

有人远远地注视着我

SOMEONE TO WATCH OVER ME

28.

在西四十四街、美国大道和第五大道之间有一家饭店。 1985
年到 1990 年之间，艾克曼和他的合伙人收购了这家饭店，并花了
一千万美元重新装修，使之成为一家充满奇特氛围的豪华大
饭店。

饭店改建重新开业时，美国《时代》周刊曾作如下报道："从
现在起，那些来自第三世界的商人，不太知名的航空公司机组人
员，普通的观剧客人，来自亚洲和非洲的旅游者以及那些从农村
来的老人们一定不会在这儿住宿了吧……"

那么该怎样具体描述这家豪华大饭店呢？那个告诉我这家饭
店的摄影家笑着对我说道："那是家后现代的豪华大饭店。"

我一来纽约就直奔那儿，发现饭店从大门开始就很独特。
那黑色的很有威严的两重大门紧闭着，门口没有门童，没有人
对我说"欢迎光临"，让我不由感到了闲人免进的压力。我终
于鼓起勇气打开大门进入大堂，立刻看到那些站在远处的穿着

Comme des Garçons[1]样式黑制服的侍者毫不客气地从头到脚打量我。

大堂通过细长的走道向内部延伸。走道的一侧整齐地排列着巨大的石柱。走道的尽头是餐厅。石柱的右边是小小的招待吧台，左边是咖啡厅。餐厅侍者和前台的接待员一样都穿着黑色的Comme des Garçons制服。咖啡厅的桌椅设计得非常巧妙，客人不管怎样坐都会感到舒服。

我上那家饭店并不是出于自己喜好，是那次在青山见面的摄影家热心关照的，他跟我说想见艾克曼就务必住宿那家饭店。

摄影家这样对我说："……我虽然和艾克曼见过两次面，但现在已和他中断了联系。那儿至今还有几个和艾克曼合伙的日本人，不过如今应该没什么人是你一去就能约见的了。你在饭店住下后，只能向经理多打听几次了。你切不可以刚入住饭店就急着去见艾克曼，一定要等店里人对你产生好奇心，认为这个日本人是有要事才来饭店的时候，你才可以慢慢对饭店经理说出原委……"

我之所以知道有艾克曼这样一个人，是因为代理店时期的同事和他一起经营过迪斯科舞厅，但据说他现在也无法和艾克曼联系。

1　日本服装设计师川久保铃创立的服装品牌。

我进了客房，发现房间里竟然没有窗户，而且卫生间的把手做成狗尾巴的形状，看了叫人很不舒服。单独待在房间里过于沉闷，我决定在咖啡厅喝啤酒喝到天黑。

让众多的客人和黑衣服侍者呆在选定的空间里，这让我窥见了饭店管理者奇怪的自负心理。这时，我突然感到不安起来：我事先并没有想好要以怎样心情呆在这家饭店里。啤酒的作用、时差的影响以及不良的心态使我的头脑沉重起来。这时，一个日本人跟我搭话了："你知道爵士吧在哪儿吗？"

那人比我小三四岁。穿着一套黑色的西服，没有系领带，一副穿着随意的样子。

"爵士吧？"我疑惑地望着他。

"是呀，你是在这儿住宿的吧？"

"是的。你看一下客房里的饭店指南，就可以知道爵士吧在哪儿。"

那人听我这样回答，露出尴尬的神色问道："我能不能在这儿坐下喝酒？"

我心想这个人真有点怪，可跟他说话说不定可以解解闷。我用手指了指桌子对面的椅子，道："请便吧。"

那男子自我介绍是居住在伦敦的一名音乐家，原来学的是古典音乐专业，现在是有名的合成音乐演奏家，担任过德国电影音乐演奏，去年由此获得了电影音乐大奖。

音乐家喝着啤酒,对我说道:"我也是今天刚从伦敦飞到这儿的。办好住店手续,找了半天,仍然不知道饭店的爵士吧在哪里,所以感到很惊讶。"

"是谁告诉你饭店里有爵士吧的?"

"是这儿一个朋友。他是一家迪斯科舞厅的灯光师。我听了他的话,一来就到处寻找,可就是没见到。"

"你对爵士吧抱有怎样的感觉?"

"太奇妙了。"

"奇妙?"

"我这次是为了那家爵士吧特意从伦敦赶来的。听说那家爵士吧的艺术装饰以及建筑设计的新艺术都非常出名,是后现代的,一切都好。在这样的装潢环境里,可以悠闲地玩老式扑克,也可以听女歌手动人的歌唱。那歌手衣着华丽,穿着后背有羽毛装饰的连衣裙,让人见了心摇神迷。我按照灯光师所说的样式去寻找爵士吧,结果一无所获。刚才我还打电话问那个朋友,他回答说他从没说过那样的爵士吧,只是说有家后现代装潢的大饭店。也许我当时搞错了,自己想象了一个爵士吧。发生这样的事你相信吗?我的脑子是不是出了毛病?不过,确实再怎么寻找,也没见到爵士吧,这儿只有餐厅和咖啡厅,根本没有什么别的酒吧。"

听过音乐家絮絮叨叨的讲述,我产生了一种奇妙的感觉,似乎真的感到饭店某处有穿粉红色衣裙的女歌手，有以金色和黑色为基色进行艺术装饰的爵士吧。

我对他笑道："你太性急了，现在不还是白天吗？"

"你这话什么意思？"

"你难道不知道爵士吧要在夜里很晚的时间才开张吗？"

"是吗？那我就耐心等待吧。告诉你，我连想听的歌曲都已经决定了。"

于是我俩决定等待夜晚的到来。

我现在远远地看到了他，

他也注视着我，带着怀疑的目光。

请不要这样盯着我，

奇特的眼神会使我黯然神伤。

我像森林中迷途的羔羊，

走到哪儿心里都充满着惶恐。

希望有人微笑着垂顾我，

尽管他没有那样的英俊。

他都好像带着打开我心扉的金钥匙。

我不知道他是谁，

也没安慰我"别着急"，

但他却迅速领我走出了危险的歧路……

我现在才明白，

注视我的人虽然表情严肃，

却是人生中必不可少的引路人。

金色的耳环　GOLDEN EARRINGS

在那家后现代的豪华大饭店的咖啡厅里，我们两人相对而坐。一边等待着黑夜的来临，一边不着边际地交谈着。我坦然告诉音乐家，我也是了解那个传闻中的爵士吧才特地来这家饭店找艾克曼的。

谁知那音乐家对那个传闻中的爵士吧竟然毫不知情。

"哎，真有那个奇妙的爵士吧？"

"你不是因为那个爵士吧就在这家饭店才来这儿的吗？"

音乐家解释道："我不是这个意思。当时是有人跟我介绍了这家饭店。说的是装饰艺术还是后现代我已经忘了，只记得有人告诉我在纽约的西四十四街有一家大饭店，那儿有个能听到爵士乐的酒吧。"

"哦，你的情况虽然和我有点相似，但实际还是有区别的。那么，这家饭店你是听谁说的？"

"我想是个音乐人，不知为何，离超级明星仅差一步。是他告诉我这家饭店很有人气。"

音乐家这样一说，我想起刚才在大堂见到一个路过的参加救援非洲慈善音乐会的吉他演奏家。我当时还看到正在登记住宿的旅客没有一个穿着商务西装，几乎所有的男性客人都穿着意大利样式的轻便外套，女性客人则大多穿着传统的稍许露出肌肤的连衣裙。这儿似乎看不到华尔街上那些身穿西服，脚蹬轻便运动鞋，浅蓝色衬衫上系着水珠图案领带的风尚。

我问道："你是为听爵士乐才特意从伦敦赶到这儿来的吗？"

"是的，你感到很奇怪？"

"也不能说奇怪。"

"伦敦和纽约虽然相隔不远，但情况大不相同。我刚才在房间里给介绍我来这儿的伦敦朋友打了电话，问他'爵士吧在几楼'，而伦敦现在正好是夜晚，那家伙睡得有点迷迷糊糊，我说什么他都含糊其词回答不知道。他说他是告诉过我有这样一家后现代豪华大饭店，但没说过饭店里有听爵士乐的地方。我记得好像是有人告诉我的，到底是谁一时也想不起来，我又和三个可能是线索的朋友打了电话，但他们都回答没说过。"

我们都猜想到晚上这儿也许有爵士吧出现，所以一边品尝似的慢慢喝着科罗娜啤酒，一边耐心等待。我知道，不存在的爵士吧无论在傍晚，还是在深夜，还是在拂晓都不会突然开张，但这个令我情绪不佳的奇妙饭店让我抱有这样的期待：也许真有夜里突然开张的酒吧营业空间，只不过到了白天它又神秘消失，连侍者都不知道。原因是这儿的客人、侍者，甚至装潢都让我感到神秘难测，没有一点现实感。

"你酷爱爵士音乐吗？"

听我这样问，音乐家摇了摇头，拢了拢头发，说自己虽然看上去有点老态，但其实只有二十多岁。

"我父亲非常喜爱爵士乐，收藏着许多老唱片，我虽然常听那些，却直到现在也谈不上喜欢，更不觉得有什么迷人之处。我一直从事古典乐演奏，但现实生活中里最欣赏的还是电子乐。至于爵士乐，我只听过埃里克·杜菲[1]、卡拉·布利[2]、查特·贝克这些人的作品，他们好像出于癖好，对朋克乐的技术也略微通晓，我总是一边心想着"嗯？"一边听他们的音乐。记不清什么时候了，大约是今年年初吧。你知道从那时候起开始流行说'fly'吗？"

我摇了摇头。但一听到"fly"这个词，我立刻想起了那首著名的歌曲《携我奔月》[3]。据说艾克曼曾夸耀这首标准的爵士乐歌曲囊括了所有的真理。

"用'fly'形容美好的事物是现在的时尚，纽约和伦敦都很

---

1 美国爵士乐萨克斯手（1928—1964）。
2 美国爵士乐女钢琴手、作曲家（1938— ）。
3 《携我奔月》这首歌的英语歌名是 Fly Me to the Moon。

流行，原因我已经忘了，但要谈起'最后的情歌'的话题，我认为世上最好的情歌是大门乐队的《追随月光》，而比我年长十岁的作曲家则主张还是《携我奔月》最好。我听过那首情歌，女歌手的名字是伊蒂·戈梅还是克里丝·康娜记不清了，当时声音不大，哦，我听到的是歌手用日语唱的，我吸了原用于医治自闭症的麻醉品而产生了舒适感，听着那首歌，我自己也不知为什么有点激动起来，产生了一种莫名的羞涩感，几乎当场就流出泪水来。"

"为什么会有羞涩感呢？"

"从欣赏音乐方面讲，这是非常低级的表现，可以说是集中了庸俗、单纯、轻率、肮脏的心态，特别不适合欣赏音乐。为什么会这样呢？你怎么理解都可以，总之是种强烈的情绪。听这样的情歌如同口含一块糖果，除了使人感到甜蜜、心跳、卑贱之外没有其他反应。有一部名叫《金臂人》[1]的电影你知道吗？"

我点了点头。

"电影里有一个场景，是吸毒者弗兰克·辛纳屈在戒毒成功后的早上舔砂糖。那种砂糖般的感觉。那以后我也偶尔听听爵士乐情歌，倒说不上有特别的感动，但我似乎看到了其中像白色的内核一样的东西。这个内核是什么？虽然问了也没答案，但我认

---

1 美国影片，1955年上映，男主人公由弗兰克·辛纳屈（1915—1998，美国歌手、电影演员）扮演。

为这内核应该是一种象征，我来这家饭店就是想听这样的爵士乐……"

天色未晚，阳光依旧。我们坐在咖啡厅里耐心等待着那个虚幻中的爵士吧开张，就像电影《闪灵》中的杰克·尼科尔森那样。

这是一个古老的传说，

来自吉卜赛人之口。

如果你要在现实中获得爱情，

请戴上金色的耳环。

那是个古老的爱情故事，

知道的人屈指可数，

如果戴上金色耳环，

你那爱的祈愿想必就能实现。

在燃烧的火焰边，

耳环放射出金色的光辉，

所有的祈愿都会变成现实中的声音，

那悦耳的妙音一定会轻轻传入你的耳中。

突然，那个吉卜赛人口出吉语：

不知你是否能成为幸运者，

所以快对那金色的耳环虔诚祈祷，

请它今夜为你显示非凡的魔法……

太阳终于落山了，但我们根本没发现那个孜孜以求的幻影般的爵士吧有突然出现的迹象，而我和那个专程从伦敦飞来的日裔音乐家却在饭店底楼大堂深处的咖啡厅里呆了将近四个小时。

　　不过，像我们这样长时间占据咖啡桌的还有几组客人，所以我俩并不显眼。邻桌的一对情侣一边吃着粘乎乎的乳酪，一边喝着白葡萄酒。

　　音乐家侧目望了一眼这对情侣，问我道："有个叫海伍德·古尔德的人，写了一本名为《鸡尾酒》的小说，你知道吗？"他慢慢抿了一小口掺入酸橙汁的科罗娜啤酒，显露出心不在焉的神态，我也像他那样一小口一小口地啜着啤酒，只让干燥的舌头润湿一下而已。我俩并非不善于喝啤酒，只是每个人都喝了足足四瓶，肚子里晃晃荡荡的全是酒，无法再一口干掉。

　　《鸡尾酒》这部小说，我去年在南边一个国家的游泳池台阶上看过。那个国家到底是葡萄牙、摩洛哥还是突尼斯已经忘了，但确实是本有趣的小说。

音乐家又道："根据小说改编的电影很糟糕。"

"我没看过。"

"小说里有个精彩句子令人难以忘怀，看到他们我就想了起来。"音乐家又朝邻桌的情侣望了一眼，"应该是小说主人公被邀请参加一个豪华诗歌朗诵会的情节，邀请书上注明朗诵会备有乳酪和葡萄酒。乳酪？白葡萄酒？难道这座城市还允许有这样的东西？他对此打心底里看不起。"

"不知怎么地，我也记得这个情节。"

"结果到了纽约发现有些事情依然一成不变。"

"你是指主人公的法国情结？"

"你也注意到了这一点？瞧，邻桌那对情侣竟然每人喝了六杯白葡萄酒，要是能把酒瓶拿过来看一下就好了，他们一定连白葡萄酒的品牌都不知道。两个人一直在谈论意大利。刚才我说话累了，处于昏昏欲睡的状态——这种情况平时是不大有的——我的耳朵特别灵敏，就像雷达一样，一直在收听他俩的谈话。那个秃顶男子说起自己学生时期去欧洲旅行时曾在罗马呆了四天，而那个穿着意大利人宁死不穿的水珠图案连衣裙的女人虽然没去过意大利，却说如果去了威尼斯，就算遇到不怎么喜欢的男人，也一定会和他做爱。那个男子似乎满脑子想的都是带那个女人去意大利做爱，但考虑到要是真的替她负担全部费用和她结伴同行，可能没这个经济能力，所以没敢公然提议一起去意大利，只好谈论什么法拉利、阿玛尼、维斯康蒂、帕瓦罗蒂等等，曲里拐弯足足聊了三个小时。那个女人好像对自己和没风度的男友一起去意大利做爱一事也失去了兴趣，突然感到十分无聊，便中止了和男友的谈话。也许是苦于现场没有可搭讪的男人，她转过脸对另一批来自农村的女友介绍说'这是有名的饭店呐'，趁机加入了她们的谈话。这是我在美国见到的最丑陋的现象，无聊之至。"

"你的观察能力真了不起。"

音乐家又道："刚才那种迷迷糊糊的时间最近不曾有过，不可思议。我们两个情况有点不同，可都在寻找那个爵士吧。"

我问道："如果有机会的话，你也想和艾克曼会面吗？"

"不，我虽然有兴趣和他见面，但对那个幻影般的爵士吧的内部机构却不太想知道。"

这时，我觉得再不挪动一下身体真的要睡着了，于是邀请音乐家一起出去用晚餐。我们决定步行去离饭店十个街区之远的寿司店。两人脱离了那个后现代饭店的装潢氛围走在街道上，都如释重负地松了一口气。

路上我们又讨论起电影《闪灵》。那个电影里也有虚幻的酒吧和舞厅。

音乐家道："如此说来，在那个虚幻的酒吧场景中，也会响起像杏仁冰淇淋那样的甜蜜舞曲啰？"

寿司店靠账台的一角正巧有两个空座位，我俩乘势坐下，要了水松贝和金枪鱼肥肉，这是寿司店的看家菜。

为了忘却刚才在那家后现代装潢的饭店里度过的心神不宁的艰难时光，我们几乎一口不停地吃着寿司，喝着日本酒，寿司店的情景让我产生了一种奇妙的怀旧感，这里不可能隐藏着那个幻影般的爵士吧，但确实是一个能饱餐佳肴的好地方。"尽管如此，"微露酡颜的音乐家似乎并不满足地问道，"那些甜美的音乐到底去了哪里呢？"

"去了哪里？"

音乐家道："各种各样的乐曲，甜而不腻，很强烈，却消失了。我总觉得这些乐曲都被隐藏到哪儿去了，这应该不是单纯的乡愁病吧？"

"不明白你的意思。"

"这是乡愁病还是感伤情绪？我对此还是有较强抵抗力的。虽然乐呵呵地嘲笑像'没有你我就活不下去'这种歌词，但弗兰克·辛纳屈还是梅尔·托美[1]不也确实唱过吗？你对此怎么看呢？"

音乐家说乐曲并没有消失，而是藏在了未知的地方。就拿《携我奔月》这首歌来说，它就像一个察觉危险而四处逃匿的动

1　美国爵士乐歌手（1925—1999）。

物，也许能隐身潜逃到某个不知名的地方吧？但它是为了什么呢……?

为什么没有夺走我的全部？

难道是你没有看见，

还是真的于心不忍？

多想被你抱着嘟哝出心中的愿望。

请夺走我的嘴唇，

这是我自己也想丢弃的废物。

我把手臂也献给你，

因为它除了拥抱你，

再也没有别的正经用途。

你对我说"再见"，

我闻声只有痛苦流泪，

呜咽说"今后该怎样生活下去"。

如果失去了你，

请不要只夺走我的心，

请夺走我的全部，

我的全部。

再见了，黑色的小鸟

BYE BYE BLACKBIRD

纽约的寿司店还留存着现在东京寿司店已消失的东西，即一种令人怀念的紧张感。从我幼年时期到学生时代，上寿司店被认为是有些奢侈的行为，那些做寿司的店员大多身上有些令人害怕的地方，不过也容易亲近。寿司店是个封闭空间，我觉得东京的寿司店两极分化，分为特别恐怖和过分亲近两种。

音乐家此时正连声称赞水松贝鲜美，双肩放松，刚才在那家所谓后现代大饭店里产生的忧郁似已一扫而空。看着他那怡然自得的神态，我想自己大概也是如此。

寿司店的厨师一边做着漂亮的金枪鱼肥肉寿司，一边笑吟吟地望着我们，展现出这样一种景象：结束了繁重的工作，终于可以轻松享用美味了。

"和艾克曼见面后你打算对他说什么？"音乐家笑嘻嘻地问道。他吃着寿司，喝着日本酒，恢复了原有的生气，显露出少年般快乐的表情。

我道："究竟该怎样还没决定。"

"你是否想问他经营这个驾驭时空的梦幻爵士吧的真相？"

对于这个近乎恶作剧的问题，我笑着摇了摇头，音乐家也大声笑了起来。刚才音乐家说，重要的东西并没有消失，而是藏在了未知的地方。我感觉他说得真好啊。正因为隐藏起来了，才时不时地一现身姿，让我们大吃一惊，勾起深切的情感。

也许听到了我俩关于爵士乐的话题，厨师也主动上前和我们搭话道："海伦·梅芮尔要来'油腻星期二'演出呢。"

于是我们就白人女歌唱家的事又好好地讨论了一番。当今谁是最佳白人女歌唱家？厨师提出海伦·梅芮尔，音乐家提出伊蒂·戈梅，我的意见是克里丝·康娜。最后，音乐家问厨师："你会不会关了店去看海伦·梅芮尔？"

厨师摇了摇头道："我不太喜欢现在的海伦·梅芮尔了，曾经特别欣赏她那首《再见了，黑色的小鸟》。"

我俩离开寿司店，在半路一家酒吧小酌时，音乐家突然兴奋地叫出声来："啊，我想起来了。"

"你想起什么啦？"我不解地问道。

"是一部电影呀。片名和内容都想不起来了。你知道《神探可伦坡》[1]中扮演可伦坡的是谁吗？"

---

1 美国电视电影系列警匪片，自 1968 年至 2003 年播出。

"是彼得·福克。"

"那部电影里他不是主角，是配角。我记得很清楚，他去意大利还是别的某个战斗特别激烈的战场，和几个关系亲密的意大利姑娘乘着一辆大卡车一起唱那首《再见了，黑色的小鸟》。当时感到这部电影好像在有意教我们一起唱这首歌。"

"那真是一幕好场景，我好像也在什么地方看过那部电影。"

音乐家转了个话题问道："说句不该说的话，你有没有吸过LSD？"

"很遗憾，没有。"

"那不是迷幻剂盛行的时候，而是很久以后，我在伦敦曾经抽吸过。一共三次，引起了严重的幻觉症状。那时作为恐怖的象征，是一只黑色的小鸟。"

"恐怖的象征？"

"我不知道该怎么说好。其实，那不是在幻觉中见到的黑色小鸟，而经常觉得是在门对面，在窗外或是屋顶上有一只隐形的黑色小鸟。我绝没看到它的全身，但总感到它张开翅膀一动不动地注视着我。"

"听了可真不好受，它也许是一种暗示。是暗示死亡吗？"

音乐家道："我也是这样想的。但感到特别不可思议的是，死这种东西，死了就不存在了。"

"嗯？"

"这样活着才存在死的概念，不是吗？死人身上并不存在死这种东西。也许这句话说得有些古怪，说白了，就是一个人活着的时候才能保持死亡的形象。"

音乐家又回到了那部电影的话题：关于"彼得·福克有没有战死。电影中，他和意大利姑娘们快乐地去最前线，其实他并不是真的快乐。在日本电影中，军人出征前往往会出现敲锣打鼓的场面。这种热闹掩盖着悲哀的另一面。彼得·福克承受着战争带来的恐惧和压力，他的脸上看不出任何悲哀的表情，始终斗志高昂地唱着歌。他最终死在战场上，在影片末尾处。"

"他唱的歌词你还记得吗？"

"记不清了。大意是'我们现在就像是出门旅行，幸运的好事即将来临，我们去情人翘首等待的好地方，向不幸的象征告别，再见了，黑色的小鸟。'"

我道："这完全是一流的歌曲嘛。"

音乐家补充说："而且大家唱着这首歌都特别快乐。"

"可这是那些即将死亡的人唱的歌呀。"

我这么一说，音乐家没有回答。他默默地低下了头。

我无聊地打量起我们喝酒的酒吧，这时才发现这是一家面向百老汇大街的爱尔兰风格酒吧，墙上挂着已故美国总统肯尼迪的大幅照片，让人不由感到这家酒吧可能遇到过什么重大事件。

我喝着吉尼斯黑啤的生啤酒，一边在想，自己见了艾克曼该提出怎样的问题呢？我是否要问他："那些没有消失而被隐藏起来的东西究竟在什么地方？为什么要隐藏起来？"

　　那首《再见了，黑色的小鸟》确实是几十年前创作的歌曲，那时是一首以死亡为主题的充满豪迈精神的歌曲，那种视死如归的精神如今已经没有了，也许音乐家就是感念到这一点才沉默不语的。死亡的形象会隐藏在什么地方呢……?

　　　　担忧的心事，深重的悲伤，

　　　　全都在大卡车上

　　　　淡然忘却。

　　　　啊，我们快乐地奔赴战场。

　　　　轻轻唱起"再见了，黑色的小鸟"，

　　　　那未知的远方，

　　　　不知有谁在急切地等待着我。

　　　　多么甜蜜，像砂糖一样的人究竟是谁?

　　　　哦，那英武的男子想必是我心仪的情人。

　　　　再见了，黑色的小鸟，

　　　　再见了，黑色的小鸟，

　　　　你总是让我听到忧伤的布鲁斯音乐。

　　　　而今，这儿谁都走了，

爱我的人，理解我的人，

都走上战场

去奉献自己严酷的人生。

多么希望

重新回到温馨的家，

舒适的睡床，柔和的灯光，

一切都是那样美好。

于是，我对着黑色的小鸟再次作别。

"再见了……"

夺走我的全部，夺走我的全部……

撒谎是一种罪恶

IT'S A SIN TO TELL A LIE

我和艾克曼见面了。

没想到见面竟然简单得没有一点悬念，使我至今回想起来仍感失望。我和音乐家半路上去了那家爱尔兰风格的酒吧，畅饮了吉尼斯生啤酒，然后又去半裸一边欣赏那些带着百老汇余味的舞女跳舞，一边喝着兑冰块的波旁威士忌。接着，我们到东村欣赏现场的萨尔萨音乐，又喝了不少龙舌兰酒。两人回到饭店时，我已烂醉，脚也站不稳了。走到总台去取客房钥匙的时候，我借着酒意以自己都感到惊奇的流利英语向侍者诉说了想会艾克曼的愿望，当时的大胆举动连站在身旁的音乐家也大吃一惊。

第二天早晨，我很晚才去餐厅。我抚摸着因昨夜的残酒而胀痛的额头，吃着早餐，这时突然听到有人轻轻地问道："你是不是那个说想和我见面的日本人？"

我抬头一看，艾克曼正站在我的身旁。

当时我确实有点慌乱，但看到艾克曼的说话方式和态度非常真诚而自然，才没把刚才喝下去的番茄饮料喷出来。

艾克曼又礼貌地问道："我坐在你旁边可以吗？本来我应该留出充足的时间接受你的采访，但我的自由时间总是太少，今天下午两点十分我又必须乘协和式客机去欧洲，所以请你赶快准备好摄像机和录像带，早一点开始好吗？……

站在我面前的只是艾克曼一个人，身边既没有卖弄风情的漂亮女秘书，也没有戴墨镜拿左轮手枪的保镖。

而且，他给我的印象和原来的想象有很大区别。代理店时期的朋友和青山酒吧见到的摄影家都谈起过艾克曼，然而这次亲眼所见，比想象中要复杂得多。

原以为他是一个全盘接受美国犹太人坏习惯的人物，和人会面要么是在与世隔绝的高楼深院的上等楼阁，要么是在自己隐居的秘密山庄。

没想到在饭店的餐厅里，我竟能很自然地和这个传奇人物见面。

他年龄将近五十，脸色红润，身体健康，没一点病态，全身穿着高级时装，西装外套和里面穿着的马球衫，无论颜色还是设计，都十分自然。我受到他自然风格的感染，不由放大了胆子，冷不防地向他提出了有关爵士吧的问题。

我问道："听说世界上有一个奇妙的、超越时空的爵士吧，只要条件具备，它就会突然开启门扉。真有这样的事吗？我的朋友告诉我，是你建立了这个爵士吧，对吗？"

"我也去过你所说的那个爵士吧，"艾克曼回答，"不过不是我建立的。虽说我成功地经营着各种迪斯科舞厅和俱乐部，但不可能建立那种神秘的爵士吧。我是人，不是神仙也不是恶魔。"

他的解释似乎很有说服力，同时也表明了他只相信科学和逻辑，决不相信旁门左道的态度。

"你在什么时候、什么地方去那个爵士吧的？"

"那是我成功地建立了第一家俱乐部，成了富人的时候。是十几年前的事了。正如你所知道的，那个爵士吧的门扉不会对无名而贫困的年轻人开放，它接纳的只是那些有钱且有复杂人际关系，并说过一些谎言的男人。"

"不过，有好几个人都说你是爵士吧的经营者。"

艾克曼露出了一丝苦笑："原来如此。我确实有过'如果我有这样的爵士吧就好了，如果我能经营这样的爵士吧就好了'的想法，因为那种酒吧具备了爵士乐展现力量时期的全部优点。所谓的爵士乐力量，我认为就是美国的，即新世界的力量。当然其中也包括了来自非洲的不幸移民所带来的布鲁斯音乐，而且布鲁斯音乐直到现在还在生存发展。布鲁斯音乐绝不是僵死的东西，因为它也是我们的人生。不过已经没有过去那样单纯了，我们现在只是对这种单纯的东西抱有怀念之情。"

"你指的是乡愁吗？"

"这只是其中的一部分。"

"伤感也是吗？"

"是的，那当然。"

"那么是谁建立了那个爵士吧呢？"

"你为什么一定要知道这种事呢？当我们身心非常疲惫的时候，或者当我们陷入自我矛盾而苦闷、彷徨、不知出路的时候，或者当我们面对着永远解不开的谜团，与女人发生情事而想探根究底的时候，那个有着甜美歌声的女歌手的爵士吧就悄悄开启了门扉。对于这种奇异的现象，人们议论纷纷，百思不得其解。那个爵士吧究竟在哪里，到现在还没搞清楚，是真是假谁都不知道。我在巴黎的圣米歇尔的时候去过，第二天再去寻找那个爵士吧，自然未能找到。不过，这不是很好吗？为什么非要去想是谁、为了什么目的才建立了那个爵士吧呢？不过是个爵士吧嘛。况且，那些去爵士吧的男人大都喝醉了酒，这和研究欣赏非洲奥杜威峡谷的原始人骨以及埃及的罗塞达碑是完全不同的，它没有研究价值，只不过让人玩味罢了。"

经他这么一说，我觉得自己原先准备的提问似乎太愚蠢，一时不知所措。我半途放弃了追查真相的念头，换了个话题小声问道："你去圣米歇尔时听到什么歌吗？"

艾克曼没有报出歌名就直接唱起歌来。在他的眼里，我简直是一个不懂事的好提问的小孩子，他没办法，只好用唱歌的方法哄孩子入睡……

　　如果艾克曼没唱那首歌曲，我也许会相信他所说的一切，尽早返回日本，但现在的情况却适得其反。

　　"啊，那首歌说到底是一种引起乡愁和伤感的幻觉。"他有些得意地说道。

　　艾克曼唱完歌，拍拍我的肩膀站起身来，说了声"再会"。我那时像中了邪似的，整个身体居然不能动弹。

　　　　　当你说出"爱你"的时候，

　　　　　我不知道这句话是否真实，

　　　　　还是请你说话时先查核一下，

　　　　　因为撒谎是一种罪恶。

　　　　　有时，仅仅是一句谎言，

　　　　　就会损害百万人赤诚的痴心，

　　　　　仅仅一句谎言，它的危害难以估量。

　　　　　爱你，

　　　　　爱你，

　　　　　爱你，

　　　　　如果这是空洞的虚言，

　　　　　我宁愿去死。

　　　　　恳求你

当说出这句话的时候，

请认真核查它的本意是真是假，

因为撒谎是一种罪恶······

人世只是纸月亮

IT'S ONLY A PAPER MOON

"你们就这样简单地见面了？"

一小时后，音乐家来到了位于大堂底楼的餐厅，坐在刚才艾克曼坐过的椅子上。一见面，他就急不可耐地问道。

音乐家来得正巧。这时我好容易才从艾克曼的歌声冲击中恢复自我。如果他早来十分钟，也许我还处于目光散乱的迷茫状态。此时，我猛然发觉自己左手的手背上放着一小撮盐，右手握着一只装有龙舌兰酒的高脚玻璃酒杯。

"嗯？刚才艾克曼唱过歌啦？"音乐家又问道。

"是的。"我回想起起刚才发生的事情，不由浑身起了鸡皮疙瘩。

音乐家道："嗨，你已经醉了两天了，这会儿大白天又开始喝龙舌兰酒，是让那首《撒谎是一种罪恶》刺激了吧。为什么会受刺激呢？是因为他唱得很好吗？"

"嗯，也许是这样吧。"听了音乐家这番话，我紧张的心情稍有缓解。为什么刚才艾克曼唱了那首歌，我就会感到一种浑身被铁丝绑住一般的无形力量呢？这实在难以捉摸。如音乐家所说，那感觉确实美妙。

音乐家又问："不过，他在告别的时候唱歌是不是有点怪？他是大声唱着有意让大家听见吗？"

"不，他好像是小声唱歌的。"

"这个人真是心怀叵测，是在你耳边小声唱的吧？"

"那倒不至于。听着，是这样的，我俩正在谈话，他突然问起还记不记得有这样一首歌，随后便低声哼唱起来，我当时觉得那十分自然。"

"那你俩到底谈了些什么？"

我把谈话内容作了简要说明，谈到了他也在巴黎去过那个虚幻的爵士吧，谈到了他也想经营那样的爵士吧，谈到他认为那个爵士吧是男人宣泄乡愁和伤感而产生的幻觉，最后还提到他的忠告，对于这个理想中的梦幻般的爵士吧，没有必要去思考是谁建立的这种无聊问题。

音乐家道："艾克曼今天的话让我终于看到了那个虚幻爵士吧的基本轮廓。不过，不可思议啊，艾克曼的说明是你总结给我听了，我才知道的，但奇妙的是又总感觉你亲口问他的时候，并不清楚自己想说的究竟是什么。当然，这不是你的责任。另外，现在我也想去那个爵士吧了。是不是恋爱上受过伤害就可以去？"

"不，好像没有这种说法。我去爵士吧也不是为了恋爱上的事。那是为一个朋友去非洲钱行的夜晚，一个偶然的机缘我才进去的。像你这样年轻的人说什么爱情、受伤之类的话是很怪的。"

"是吗？要是我现在用日语谈什么演歌，自己的心情也会变得怪怪的。"

"那在伦敦怎么样？"

"什么怎么样？"

"那些纯粹的情歌也越来越少了吗？"

"你说的这种事有是有，但是些什么人的歌呢？也许是披头士早期的歌曲吧？"

"是的，像《我多快乐》《告诉我，夏威夷》这类歌曲，只要你一说我就能想起歌词。我说的纯粹的情歌，比如说猫王的《温柔地爱我》。如果认真推敲，其实也并不单纯。那么我们到底以什么标准来判定哪一首是纯粹的情歌呢？"

"这个我也不知道。"看来音乐家的想法和我差不多，"我们还是回到艾克曼唱歌的事上来吧。你看过大卫·林奇的杰作《蓝丝绒》吗？里面不是有个男同性恋唱歌吗？那一幕引起社会上极大的轰动，镜头也特别漂亮。你说艾克曼唱歌和那种感觉是不是一样？"

不一样，他更自然。

"他为什么要唱歌呢？"

我再次向音乐家作了说明，在还没听艾克曼唱歌之前，我也相信他所说的乡愁和伤感的幻觉。

音乐家面露沉思的表情，沉默不语。

我又问："你为什么提起《蓝丝绒》？"

音乐家缓缓地开口道："关于这个问题我还没理出头绪，能否说好自己也没把握。首先我想的是关于唱情歌的问题，如果在大卫·林奇这类导演的电影里使用甜美的情歌，会比任何音效更具有恐怖异常的效果。这是无可争辩的事实，连说出来的必要都没有，说了反而不好意思。现在发生变化的不是情歌，而应该是我们自己吧？情歌使用的只是单纯的言词，是歌手通过音乐和自己的感情给了歌词以语调、表情和意义。如果听众没有相应的反应，那只能靠单纯的歌词弄出点变化来。"

我道："那样就和丘比娃娃演出一样恐怖了。"

"是的，是那样的。人们就会说歌手没有很好地把歌声和形象紧密结合起来。精神不佳，毒品吸得不够。"

"这是没有的事。"

"不过，说发生变化的是我们，这句话还不能概括一切。过去布鲁斯的歌手就是唱着甜美的情歌让极其严肃的演出状况改变了面貌。也有不少是毒品的歌。麦肯罗的夫人[1]小时候演出的黑白

1　指前好莱坞童星塔图姆·奥尼尔（1963—　　），曾与美国网球明星约翰·麦肯罗结婚，后离婚。

电影你看过吗？"

"记得叫《纸月亮》。"

"对。那也是个奇特的歌曲名称。我想它应该算是有关毒品的歌曲了。巴勒斯[1]说过毒品就是生活的方式。哦，这究竟是什么含义我也不知道。"

音乐家说到此，向侍者要了一杯龙舌兰酒。我们还没吃餐桌上的三明治，龙舌兰却喝到了第四杯。

总觉得有什么异样，

那确实如此，

它只不过是个纸月亮。

底下的大海也形同虚设，

木板上涂抹蓝色，权且以假乱真。

不过，只要你在这儿，

这些景色随便怎样都不在乎。

在画布上描画天空，

让劣质的布料长出树木。

只要你在我的身边，

无论什么都那么美好，

1　威廉·巴勒斯（1914—1997），美国"垮掉的一代"的代表作家，著有《赤裸的午餐》等。

如果失去了你的爱，

世上的一切事物

都是低级酒吧里的拙劣表演，

伴奏的音乐，

也是走调的自鸣琴。

这个世界，

就像是围着高墙和铁栅栏的俘虏营，

刑期无限，

恐惧日增，

寂寞空虚。

但是，只要你在我身边，

那些烦心的事儿

无论怎样都能笑颜以对……

当比津舞_,旋律响起的时候

BEGIN THE BEGUINE

34.

1 一种西印度群岛的土风舞，节奏强烈、奔放，类似伦巴舞。

我和音乐家在讨论有关情歌的问题时，由于受到了突然出现的艾克曼的影响，致使无法对讨论的问题进行整理，老是在原地兜圈子。已经连续两天醉酒，又往不胜负担的胃部灌入烈性的龙舌兰酒，所以尽管两人都说要吃一点东西，此时却连离开餐桌的力气都没有。这样的时候该怎么办才好呢？如此厌烦认真思考的情况对我来说也是颇为罕见的，其中的原因自己也不清楚。

　　这时，音乐家一边喝着第六杯龙舌兰酒，一边说道："我们必须搞清楚最初的疑问和目标在哪里，并要明白什么最重要的，以及我们最后要想做什么。如果不明白这些，那么永远只能原地兜圈子。"

　　"搞不清楚嘛。"我有些自嘲似的说道。我已经喝到第七杯龙舌兰酒，两人都是酩酊大醉。这时还是下午三点左右。

　　"你说搞不清楚吗？"音乐家问道。

　　在这儿，像我们这样白天喝得大醉的日本人也许是很少见的。我们的眼神已经混浊不清，但也不会给周围造成危害，所以其他的客人都讪笑着看我们。

"最初的疑问是什么？目标是什么？最重要的因素是什么？以及最后要想做什么？难道这些问题我们到现在还不清楚吗？"

音乐家这么一问，我点了点头。两人一起笑了起来。突然一声响，音乐家脸朝着那边从椅子上跌落下来。一个有点年纪的女侍者走过来像姐姐批评弟弟那样使着眼色简短地教训道："你是不是有点喝过头了？"

望着女侍者离去的背影，音乐家说了起来："那是很久以前的事了……是我第一次来纽约的事。那时我刚过二十岁，有一个做时装设计师的情人。"

"情人？"

"是的，也是我的金主。她说创作的灵感是最重要的，所以需要经常从年轻艺术家那儿吸收精气。"

"是精液吧？"

"不，是精气。随便哪个不重要。她的年纪比我大一倍，除我之外，还有很多演员和歌手也是她的情人，她的身边围着一大群年轻男子，从现在的角度来看，她并不是单纯想和他们发生性关系，噢，那时她已将近五十岁，比我大了还不止一倍。"

我道："这样的事我过去也常听到，相信是真的。你是通过怎样的途径和她认识的？"

"名人、有实力的人不是都有人际关系网吗？我那时使用音响合成器和美乐特朗[1]，一个人就能举办一场音乐会，但考虑到一个人出不起会场费，我就和一个傻乎乎的诗人合伙。等稍有名气了，周刊杂志上报道过了，她的电话也就来了。她恐怕是兜了不小的圈子，起先是委托周刊杂志的编辑，接着又请了音乐会会场的老板。最后她秘书给我打来电话，要我在一家有白人侍者，好像是个人私宅改造而来的法式餐馆见面。我在那家餐馆足足等了一个小时，她终于出现了，像个鸵鸟似的摇摇摆摆走进来，穿着一身漂亮的礼服。你知道我当时的心情是怎样的吗？"

是悲哀还是高兴，或者两者皆有？

音乐家道："想不起来了，那时的心情我已经完全想不起来了。"

"那个女人漂亮吗？"

"年龄将近五十岁，皮肤松弛了，身体其他部分也差不多。"

"比如说？乳房？"

"哦，说起乳房，我就是在那天晚上去她公寓睡觉的。她在市中心有四套公寓房间，在饭店还包了一间套房。那晚，她带着我，乘着有司机驾驶的宾利车，像日本人喝梯子酒[2]那样，依次到

---

1 商标名，指一种电子键盘乐器。
2 指一家接一家换地方喝酒。

她各个住所转一圈。每到一个地方，她就要和我亲热一回，要我吻她的脸颊、嘴唇，互相摩擦身体，说这样能增进两人的感情。这时我每每下身勃起，但想到还要去另一个地方，心里不由暗自着急。尽管我很清楚，这样下去一个年轻的男孩就要被她弄到手了，但我在她志在必得的诱惑下，自洁的努力终于失败了。事后想想，自己当时简直像一条忠实的宠物狗，不断地舔着她的身体。她的皮肤虽然有些松弛，其实是很漂亮的。"

"那到了最后的房间，你们又干了什么？是不是巡视了所有的房间，最后才发生性关系？"

"不，不是。在前面的住处就发生了。洗完澡才最后去她实际住宿的第四个公寓房间。我们初次发生性关系的确切地点是花园饭店的套房里。第四个公寓房间是她拥有的房间中最大的一间。我原以为到了那儿她会再次和我发生关系，谁知她却打开了香槟酒，站在俯瞰东京全城的阳台上对我说她要跳舞。那情景我至今还记得很清楚。她提议跳舞时笑得很灿烂。我那时已学会了跳比津舞，她更是跳舞的高手。看着她的舞姿，我心里暗自嗟叹：'真是个孤独的人啊。'听说在我父母亲的时代，那些感到寂寞的人都学跳交谊舞。"

"回想往事的时候，如果侧耳倾听，就能听到《当比津舞旋律响起的时候》。"

真的，我好像也听到了。

当比津舞旋律响起的时候，

我的激情在甜美的乐声中渐渐复苏。

充满着诱惑的南国之夜又降临在我的面前。

没有丝毫改变，依然那样迷人。

我的心中复活了美好的回忆，

宛如一幅美景令人陶醉。

满天的星光下，

你还是回到了可爱的家乡。

喧哗的海浪，

像一支沸腾的乐队，

婆娑的椰影，

在海风中轻轻摇曳……

那一切虽然都已成为过去，

但今天的美妙的音乐，

依然牵动着久蓄心底的万般柔情。

我们在一起，

立下了永远相爱的海誓山盟，

互相信诺，决不让分手的时刻到来。

天上的神灵在为我们祝福，

宁静的生活燃起了狂喜的火焰……

但是，

乌云遮住了喜悦的笑容，

你听信了那些失去相爱机会的恶人诅咒，

我们终于不得不含泪告别。

爱情的火焰从此不再燃烧，

只有微热的余烬偶尔散发出一缕青烟。

每当想起这痛苦的回忆，

我就决心以死殉情向尘世诀别。

没想到，

比津舞的乐曲突然开始响起，

狂热的拉丁舞势必飞旋通宵，

星星又像往昔那样耀眼，

我期待着你再次轻轻说声"爱你"，

这儿又将变成欢乐的爱情天堂……

两个人的茶韵　TEA FOR TWO

音乐家的告白使我俩停止了饮酒。我和音乐家都不再喝那烈性的龙舌兰酒，而是先用啤酒润一下喝得发黏的喉咙，接着又喝了一点带发泡性的矿泉水，使胃部恢复了正常，最后开始吃盘里的三明治。

音乐家继续说道："从那以后，我便移居到那个女人为我租借的一间房间里。她在南青山有一栋小巧精致的砖砌小楼，我借住其中的一套居室。"

我俩一边说着，一边分吃着一盘三明治。这时已近傍晚，开始听到客人们发出的嘈杂声。如同西斜的夕晖透过窗户细长地投射进餐厅那样，那些不在大堂里的人们的声音此时也传到了我们的耳边。我想起在通向电梯前厅的连接廊的对面，有一个客人聚集的场所，也许嘈杂声就是从那儿的一堵墙、一扇门里传出来的，而且我知道那儿传来的人声既不是开会，也不是集会、派对和用餐，好像是来自不同人种和阶层的人士因受到这个使人心神安宁的秘密场所的吸引而汇集在一起。

音乐家不受人声的干扰，又饶有兴味地说道："我住在三楼走廊尽头的一套房间。在我们小楼的地下一层有个名为'摇篮'的酒吧，每天晚上都有很多人来喝酒。当然，那个女人也一定会来，每次都大量喝酒，跟我说各种轶闻逸事，其中关于本茨先生的事最有意思。"

"本茨先生？"

"他是美国驻日本占领军的一名高级军官。那个女人当时还是一名普通的年轻缝纫工，在一座小城的工厂里每天靠踩缝纫机维持生计，但她就是在这种时候产生了出人头地的野心，为此每天刻苦学英语。那时英语翻译人才奇缺，她后来就当了一名兼职翻译。那时本茨先生英俊潇洒，在年轻女翻译中极受青睐。他的面容和美国著名的演员很相像，是像格利高里·派克还是像加里·库珀，她已经忘了。虽然现在已经不这样了，但当时就算只是和趾高气扬的占领军军官搭个话，也需有极大的勇气。可她就是敢想别人不敢想的事，打心底里认为美国军官长得英俊，千方百计接近本茨先生，让他带自己进美军内部电影院，千娇百媚地撩拨他。"

我听着音乐家讲故事，突然发现餐厅光线暗淡下来，现在还未到太阳落山的时候。我想，也许是餐厅到了午餐向晚餐过渡的时段，侍者有意关掉灯光的缘故。

音乐家谈兴未减，又道："我第一次来纽约离现在已有十年，其实是被那个女人带来的。我们在纽约呆了一个星期左右，住在华尔道夫大饭店，每晚都去四季大饭店便于情人幽会的高级餐厅听着弦乐四重奏，吃着诸如法式龙虾肉冻、浇上橙汁的鸭块之类的佳肴。一天晚上，大概是到纽约的第三天吧，我突然发现了一个让我万分惊奇的现象。"

"你发现了什么？"

"是手，手背。"音乐家注视着眼前已经空荡荡的三明治盘子说道。也许是六杯龙舌兰酒产生了奇异的集中力，他对周围的变化似乎毫无察觉。

"我想她那时虽然已过五十岁，但面容和胸脯还是特别漂亮，还不是整形后的人工美。我想她是个敢于向各种事物挑战并屡屡取胜的人，也是个喜欢和各种具有不同价值观的人交往、充满着紧张感的人，像她这样的人是不容易衰老的。虽然她的肌肤和二十岁的女孩不同，但一点也看不出她有五十岁的年龄。可令我奇怪的是她的手却像一双老太太的手。我俩当时正喝着1966年出产的拉图尔酒庄葡萄酒，突然，餐桌上的灯光透过晶莹的威尼斯玻璃酒杯和拉图尔酒庄葡萄酒的深红色酒液，正好照在她的手背上，我看到了那双苍老的手真是难过极了。"

这时，我发现餐厅的情形完全变了。那些穿着 Comme des Garçons 的男女侍者不见了，一个身材矮小的老头叼着香烟开始排放椅子，清扫地板。那些椅子不再是有天鹅绒靠垫的后现代样式，而是些在胶合板上贴着人造皮革的廉价货色。我们似乎突然间呆在另外一个不同的地方。

音乐家依然没有发现这种变化，他继续说道："用完餐，我们大概是去了爵士俱乐部，那儿不像现在这样已经旅游观光化，而是名流聚集的高档场所，见得到刚从巴黎回来的戴克斯特·戈登[1]，还有像查尔斯·明格斯[2]、比尔·艾文斯[3]那样的人，我还把打火机借给斯坦·盖茨[4]。那天晚上我们在先锋村酒吧欣赏了李·柯尼兹的九块乐队。我想正好把时差倒过来。那时，她靠着我沉沉地睡着了，两只手清晰地显露在我的眼前。当李·柯尼兹的九块乐队开始演唱《两个人的茶韵》的序曲时，我却莫名其妙地哭了起来，个中原由至今也不明白。当时我似乎只是单纯地想，不管是谁，上了年岁都会死去。第二天我们又去了就在华盛顿广场边上的一座公寓，那里有本茨先生住过的一套居室。美国占领军回国后的两三年里，能去海外的日本人还十分有限，所以两人不得不天各一方。'那时，你还没有出生呢。'她回忆着往事，有些惆然地对我说道。本茨先生有一次似乎叫她去纽约会面，我问

1　美国爵士乐萨克斯手（1923—1990）。

2　美国爵士乐作曲家（1922—1979）。

3　美国爵士乐钢琴手（1929—1980）。

4　美国爵士乐萨克斯手（1927—1991）。

她：'本茨先生现在怎样了？''亡故了，'她有些忧郁地回答，又道，'那时我是以你现在这样的年纪去见我现在这样年纪的本茨先生的。'她很长一段时间坐在华盛顿广场的长椅子上，眺望着那座公寓。"

音乐家说完抬起头来，终于发现了周围的变化。餐厅里已搭起舞台，乐队正忙着调音。"嗨，这里果然有爵士吧。"音乐家顿时容光焕发。

> 我俯下身子，把头抵在双膝上，
> 因为你微笑着就在我的身边。
> 红茶为我们快乐地冒出清香的热气，
> 似乎只是为了红茶我们才走到一起。
> 其实，
> 只是为了你，我才到这里，
> 只是为了我，你才到这里，
> 我们怀着同样的情感，
> 来到这无人打扰的清静所在。
> 我们不想和朋友亲戚相聚，
> 也不想参加周末的派对，
> 甚至不想利用休假外出观光，
> 只想两人静静地坐在一起，

心灵的感应，胜过千言万语，

两个人的茶韵，

省却了电话的简短问候。

当你从睡梦中醒来，

我正为你烘烤小甜饼。

那时候，

你的家人、小孩，都是那样的喜欢你。

女儿冲着你乖巧地撒娇，

儿子跟我调皮地嬉闹。

明白了，

这一切都是我的梦想。

如果只是为了同饮温暖可口的红茶，

我们俩就能亲密相聚，

那真是天遂人愿，该有多好……

你为什么如此优秀

BEI MIR BIST DU SCHÖN

"这个，怎么看都像是个爵士吧啊。"音乐家快活地说着。与其说他对周围的变化表示惊奇，毋宁说他终于见到了自己孜孜以求的地方，内心充满着喜悦。

爵士吧的天花板上吊着聚光灯，此时我们正坐在正中心一张桌子旁。灯光无疑发生了极大的变化，甚至连坐的椅子、眼前的餐桌以及盛三明治的盘子都变了。也许是酒醉后产生的幻觉吧？尽管如此，我们完全没有因为失去现实感而惶恐不安。如在平时，一旦周围的样态突然发生变化，我会立刻感到不安和恐惧，甚至怀疑自己的知觉发生了问题，但这次却全然不同，不但没有惊惧，反而因自己再次来到朝思暮想的爵士吧而兴奋无比，不去分辨那知觉和感觉的差异。

这时也许是使用了神秘灯光的缘故，整个酒吧光线昏暗，连舞台上的乐队成员、不知什么时候增加的其他桌子上的来客以及侍者的颜面都看不清，只有每张桌子正上方吊着一盏聚光灯，舞台地板的边缘装饰着彩灯，吧台的上方则亮着霓虹灯，底下亮着脚灯。有了这些光源，虽然存在着明显的光反差，但还不至于特别暗。在这种场合能观察到各种各样人的颜面，但不能同时看清所有在场的人。细想之下，我意识到这正是理所当然的。

比如说，在饭店的客房，在人行道等待交通信号的人群中，在电车里，我们一瞬间能感受到那种场合气氛并产生一种错觉。其实，在此瞬间我们能看到的只是人群中极少的一部分，确切地说，只是一个人而已。

尽管如此，我还是第一次感到看不清别人颜面也会有一种安全感。如果进一步观察一个人的脸部，你就会明白，眼睛很难清晰捕捉到其忽隐忽现的微妙变化。也就是说，一群人混在一起，人数多到能听见他们的嘈杂声，这些人的交谈、抽烟、走动、喝啤酒、摇动鸡尾酒混酒器，摆出神气活现的架势，但你的视线其实是完全感觉不到的。人的知觉和感觉之所以平静地接受周围状况不知不觉间发生变化，这和他已经失去视线也许是有关系的。

"刚才我俩喝醉了酒，只顾着闲聊，现在已记不清说了些什么。我们没有离开过座位吧？"

我听着音乐家的问话，点了点头。现在我能看清他的脸。他的眼睛因喝了过量的龙舌兰酒依然混浊不清，但眼神却放射出惊喜的光芒。我不再盯着音乐家以外的别人的眼睛。

"嗨，真是不知不觉变了样，没想到饭店的大堂餐厅竟然会变成爵士吧。你看到了吗？"

"刚一留神，就发觉这个变化了。"

"什么时候开始发觉的？"

"就是从你开始说你那个金主的时候，我的耳边似乎微微听到了那首《当比津舞旋律响起的时候》。"

"你也能听到那首歌？我一闭上眼睛回想当时的情景，那首歌就会传来耳边，比如说空调发出的声音会变成音乐。哎，来点什么喝的好吗？"

我举起右手向侍者示意，侍者很快来到桌边。

"你要点什么？"侍者礼貌地问道。

我抬头看去，那人确实有一张想象中的爵士吧侍者的脸，好像是比利时人。我向他要了两瓶啤酒。

音乐家问道："这个酒吧叫什么名字？"

侍者笑了笑："你连名字都不知道，怎么会经常来这儿？"

侍者告诉他这家酒吧叫"飞翔的荷兰人"。

我问："你的意思是整个酒吧都在空中飞行？"

侍者脸上露"你问了个愚蠢问题"的神态，简短地答道："不是，因为酒吧的老板是足球选手约翰·克鲁伊夫[1]的球迷。"说完便离开了。

1　荷兰足球运动员、教练（1947—2016）。

侍者走后，音乐家道："这个地方没什么特色，不就是个极普通的爵士吧嘛。"

其实我此时的心情和音乐家也差不多。这里确实没什么异样的感觉，好几次让我产生了"我们一直呆在这儿"的错觉。不一会儿，侍者端来两瓶米勒啤酒和一些佐酒的甜橄榄，每人收了十二美元，似乎包括了铺台费。

音乐家沉默了半晌，忽然问道："你还想得起刚才那个侍者的面容吗？"

我摇摇头说自己想不起来了。

"演出什么时候才开始？这个就是你所说的传言中的爵士吧吗？"

"也许是吧。"我答道，"到店外看看就知道了。"

"出口在哪儿呢？"音乐家问道。

我们两人环视一下四周，没有见到出口。

"如果出去了，还能再进来吗？"音乐家有些担心。

我俩都没有勇气亲自去确认这一点。

"我们去盥洗室怎样？那儿总可以去吧？"

音乐家刚说完，掌声就响了起来。一个淡金黄色头发的女歌手穿着一袭缀着许多装饰亮片的红色连衣裙，微笑着出现在舞台上，没等观众反应过来，她就突然唱起歌来：

在和你见面之前，

并不是没和男人交往，

但我始终过着单身的寂寞日子……

自从遇见你，

心中就像亮起了一盏灯，

发现世界都变了样。

就是古老陈旧的事物，

在我眼中也是那样新鲜可爱。

我对你一见钟情，

你也立刻明白我的情意。

这样的人儿无处寻觅，

使我深受感动的只是你。

啊，我的头脑一片混乱。

不知你怎样改变了我，

请对我说明其中奥秘。

你为什么如此优秀，

请再次对我说明其中奥秘。

为了得到你的心，

我会说 Bella[1]，Bella，

---

1 意大利语，"漂亮的"。

也会说 Wunderbar[1]，

不管哪国的语言心意都能相通，

它的意思只有一个，

你为什么如此优秀？

请务必多次对我说明，

你为什么如此优秀？

我要深情地亲吻你，

我要你明白我的心，

给予我"已经明白"的甜蜜回答……

---

1 德语，"奇妙的"。

我那忧郁的宝贝　MY MELANCHOLY BABY

女歌手的面容似乎随处可见，但和谁都不相似。一曲终了，场子里响起轻轻的掌声，她对着观众席微笑，这种微笑是出自内心还是职业性的不得而知。歌曲结束又响起了嘈杂声，就好像舞台之外的另一种乐器发出的自然音响。

"这个女歌手唱得不能说好。"音乐家道，"不过她倒长着一副正统歌手的面容。"

我表示同感地点了点头。这时，我不由想起了那天在寿司店里包括厨师在内的三人谈话。当时我们都举出自己偏爱的女歌手。厨师说的是海伦·梅芮尔，音乐家提出伊蒂·戈梅，我则大肆赞扬克里丝·康娜。这三名女歌手都好像有什么共同之处，海伦·梅芮尔也许是南斯拉夫人，伊蒂·戈梅具有土耳其血统，而克里丝·康娜比她们两人稍许胖了一些，但她们都不是具有冲击力类型的歌手，不管哪一位，使用的都是能将听众迎面拥入怀中的那种发音柔美的唱法。想来如今已经几乎没有像今天这样的女歌手了。

音乐家道："过去像那种面容的女歌手多得很，像多丽丝·戴[1]，不管怎么说也是那种类型的歌手。除此之外，还有帕蒂·佩姬[2]，以及不唱爵士乐的康妮·弗朗西斯[3]等等。"

"那么现在的情况怎么样呢？"我问道。

"现在像苏珊·薇格[4]，还有稍前的布莉姬·芳提[5]、凯特·布什[6]，还有那个麦当娜，让人看了真受不了。"

"你讨厌她们吗？"

"我不喜欢女人过度的表现。"

"这不是歧视？"

"当然不是啦。"

此时，我们刚才喝下龙舌兰酒所产生的强烈醉意在逐渐消失，其实时间也没过去多久，我们下面又不断喝啤酒，头脑反而变得清醒了。不过，这种清醒并不是我们对于爵士吧的事物有着身处高原能看到雪山那样的清新感受，而是带着残醉、躺在浅滩里的倦怠。

---

1 美国女电影演员、歌手（1922—2019）。
2 美国女歌手（1927—2013）。
3 美国女歌手（1938—　）。
4 美国女歌手（1959—　）
5 法国女歌手、戏剧演员（1939—　）。
6 英国女歌手、作曲家（1958—　）。

音乐家又道:"所谓的表现,是那些走投无路之人所做的事。那些满足于现状和过去的人其实无需表现,我不想看走投无路的女歌手。"

"你这样说仍然是歧视。"

"我觉得你有点卑怯心理。明明理解我所说的意思,也明知道自己想的和我想的完全一样,但为了确认自己的想法,自己不说,反而要套出我的话来。"

"那你说说你的金主是个怎样的人,她是个了不起的女人吗?"

"她也是走投无路,跟可可·香奈尔一样。所以她需要身边常有新鲜的青年男子陪伴,她的手背就像老太太一样,简直丑陋极了。"

"那么你认为有着平凡的婚姻、坐在被炉边看着电视吃着方便面的女人就是幸福的吗?"

也许我举出这个极端例子真让音乐家生气了,他转过脸去不理我的茬。我慌忙连声道歉,绞尽脑汁想下一个话题,务求显示出两人真的有共同想法。

"那是很久很久以前的事了。"我开言道,"大概是四年以前吧,我在东京允许夜航直升飞机的一个晚上替杂志做采访,便乘了直升飞机。当时飞机里除了我还有摄影师、编辑,以及我带来的一个年轻姑娘。她还算不上是我的女朋友,是神户一个贸易商的千金，在国外学习声乐和芭蕾，去的好地方数不胜数，已经厌倦了那样的生活，只想猎奇探险，所以非常喜欢空中飞行，而我则非常喜欢和她一起用餐。这个怎么说呢？并不是我有什么不良动机，而是觉得和她谈话十分有趣。她长期在维也纳生活，对葡萄酒和赛车都非常熟悉，所以两人交谈时特别快乐。而且我知道她拥有轻型飞机的驾驶执照。我们的直升飞机沿着东京海岸线夜航，之后不得不向埼玉县的桶川方向飞去，因为位于木场的东京直升机机场没有夜间起降设施。

"我们没理会直升飞机在空中起伏颠簸，长时间地俯瞰着大东京的夜景，快活地喝着装在水壶里的白兰地。最后，直升飞机降落在桶川机场。直到现在，东京还是没有可供夜间起降的直升飞机机场，虽然是国际大都市，但实际状况就是如此。那时我们都有点醉了，加之平时很少来桶川，所以一出机场就去了西川口一家夜总会。"

"夜总会？"音乐家饶有兴趣地抬起头望着我。

我道："请不要奢想那是有丽莎·明奈利[1]那样著名歌手表演的地方。我们两个一个年近五十，一个才十九岁，一个自称是两个孩子的妈妈的女招待端来一盆堆积如山的小毛巾正在那儿一条条抖开。这时，我们看到在吉他和手风琴的伴奏下，有个不知姓

---

1 美国女演员、歌手（1946—　）。

名也看不清面容的女歌手正在唱演歌，最初我们都感到很有趣，但没想到后来我突然产生了一种悲惨的心绪。我立刻带她乘出租车赶回东京银座，走进一家豪华的俱乐部，看了那时正巧来日本的劳瑞·安德森[1]的演出。我想说什么，你明白吗？"

"我明白。你想证实我所说的话？你刚才的叙述中已有五种类型的女人登场，夜总会的女招待，银座俱乐部的女招待，唱演歌的女歌手，劳瑞·安德森，还有那个喜欢乘飞机游玩的千金小姐。她们分为不知道'表现'这个概念的女人，就是想表现也做不到的女人，表现 A 型的女人，表现 B 型的女人，还有不需要表现的女人。你是否以自己的喜好程度给她们编了号？"

"这样做难道不好吗？"

这时第二曲开始了。我们在钢琴序曲的音乐气氛渲染下又恢复了好心情，两人同时朝舞台望去，发现女歌手的面容和刚才有些微妙差异，不过对我们来说已经无所谓了。海伦·梅芮尔和克里丝·康娜是不一样的，但这算不了什么大事。

> 请到这边来，
>
> 忧郁的宝贝，
>
> 让我紧紧拥抱你，

---

1 美国女演员、音乐人（1947— ）。

不要愁眉不展苦苦思量。

你一定有与众不同的幻想，

心神不定好可怜。

我当然还是那样的喜欢你，

不要把美好的世界想得一团漆黑。

好好静下心来，

等待着希望的黎明再到来。

让我亲吻你，为你拭去痛苦的泪珠，

请你露出迷人的微笑。

如果我的努力白白浪费，

那我也将传染上可怕的忧郁症……

第二曲终了，台下响起了一阵轻微的嘈杂声。我一直坐着，连续不断喝着啤酒，然后产生了想去盥洗室方便的念头。

　　"快去快回吧，第三曲说不定马上开始了。"音乐家叮咛道。我把音乐家撇在座位上，站起身来，快步走到侍者面前打听了去处，顺着他手指的方向朝盥洗室走去。

　　酒吧的入口处放着一张铺白布的桌子，一个身材矮小、有些怪异的老太太坐在一只油漆剥落的粗糙木椅上。我往桌上一只空糖果盒里放入五十美分，打开男子盥洗室的门扉，刚要走进去，内心突然产生了一阵不安，于是问老太太说如果我进去了，那个爵士吧会不会突然消失或者再也回不去？那个像陶制摆设般的老太太坐着纹丝不动，不要说回答我，就连嘴唇都没张开一下。盥洗室门上贴着一块画着男式大礼帽和手杖的牌子，于是我不得不宽慰自己：在这家爵士吧里，我已听完了整整两首歌曲，该满足了吧？那次在青山的爵士吧里也只不过一首。那些对我提起爵士吧的朋友除了一个歌名，其他什么都记不清了。我这样想着，推门走进盥洗室，发现艾克曼在里面靠着墙壁抽烟，正上方的日光灯照在他身上，我清晰地看到了他的面孔和表情，这和在酒吧昏暗的灯光下，只看清客人们模糊面影的情况完全不同。

"嗨！"艾克曼看到我，举起了手，"你还好吗？"

"你在这儿干什么呢？"我解手之后问道。

"我在这儿抽烟呀。难道你看不出来我在思考如何用甜言蜜语向女人求爱？"

我又问道："这儿是你开的爵士吧吗？"

他虽然摇了摇头，但我没看到他有否定的意思。

"你是不是想在杂志或电视节目里披露这儿的事情？"

"绝无此事。"

"哦，也许吧，我明白的。"

"有这样动机的人是进不了这家店的吧？"

"如果我回答了这个问题，不就证明我和这个爵士吧有某种关系？好了，不要再问这个了。你说今天那女歌手唱得怎么样？"

"唱得好极了。她叫什么名字？"

艾克曼稍想片刻，答道："她的真正名字叫 FV5.3 型。我们平时叫她埃米莉，其实是个机器人。"

我惊得目瞪口呆，一时想不出提问的词来。艾克曼见此情状，得意地弯腰拍手大笑起来。

"你相信我的话？好极了。迄今为止相信我的人，你是第三个。你想知道那第一个和第二个是谁吗？"

我面红耳赤地点了点头。

艾克曼继续笑道："第一个是菲亚特美国分公司的社长，第二个是偷走我的 VISA 卡的一名十九岁逃兵。顺便问一下，你的职业是什么？"

"我在一家小小的广告代理店工作。"

"是吗？是日本的职业广告人吗？我想以后还会有人相信我的吧，不管是中国末代皇帝的亲戚，还是巴黎杜伊勒里花园里那些不是同性恋而是为了赚钱出卖肉体的男娼，反正谁都有可能。"

我问道："你能告诉我这儿是什么地方吗？我们原来呆在饭店大堂的餐厅里，没想到不知不觉间变成了完全不同的爵士吧，我该怎么回到原来的饭店？"

"你想回到原来的饭店？"

"我并不想在这种爵士吧里度过剩余的人生。"

"为什么？"

"我既不会唱歌也不懂乐器，再说我也不适合当侍者。"

"别想什么干活的事了，那当个客人怎么样？"

"那我在哪儿睡觉？"

"你难道不知道睡眠并不是绝对需要的吗？如果只是让身体休息一下，随便找个地方横下来就可以了。睡眠主要是为了消除大脑的疲劳，而到了这儿，大脑不会疲劳，也就无需睡眠。再说在这儿可以尽情痛饮啤酒，人也没有饥饿感，酒吧里还有制作三明治、墨西哥玉米片、比萨饼的小厨房，只不过没有你喜欢的寿司。"

"那么，那些客人也一直长期呆在这儿吗？"

艾克曼已经不笑了，背脊上好像发生了什么。我有一种不祥的预感。

"作为客人呆的时间有长有短，不过时间最长的客人在这儿已经有八年了，从爵士吧开业起一直呆到现在。"

"他一直坐在椅子上吗？"

"是的，那个客人在这儿反复听了大约三十万次的爵士乐经典歌曲，但好像还没听够，这种歌曲对他来说就像是上世纪的鸦片。"

"如果我一直留在这儿，那么在我原来的世界里，岂不是出了我莫名失踪的怪事吗？"

"爵士吧是为了帮助人们排遣那个社会上所有的烦心事才应运而生的，我这样解释你能理解吗？"

"你说的和我原来想象的不一样。"

"你也太自说自话了。众多的男子都把这儿当作理想的酒吧和俱乐部。还有更多的男子希望哪怕来这儿一次也行。要一直呆在这儿就不能感到厌倦。否则呢？在你的城市里，下班回家的路上你顺便在爵士吧里喝上一杯舒心的苏格兰威士忌，舒解工作的压力，然后再回到家中，和妻子来个甜蜜的回家之吻，你以为是这种酒吧吗？"

难道是我搞错了？

艾克曼抽起第二支烟："想听第三曲吗？马上要开始了，现在就请你点歌。"

我道："我想听维克多·杨[1]的歌曲，哪一首都行，站在这里也听得见吧？"

"那就《情书》吧。这是谁都有过的美好回忆，而且是单纯而有力的回忆。回想起收到情书时的那种心情，那种把世界掌握在自己手中的心情，你好好地回忆一下……"

透过盥洗室的门扉，我真的听到了那首《情书》：

你从内心直接给我发来了火热的情书，

尽管两处阻隔，

你依然像在我的身旁。

即使在孤身一人的夜晚，

1　美国作曲家、指挥家、小提琴手（1900—1956）。

我也不再感到害怕。

因为你的情意，已深深植根于我心中。

我想起了你所有的情感，

对着你的签名深深亲吻。

我期待着再次看到你最初的心语，

"我爱你"让我幸福陶醉。

那一封从内心直接发来的

情书……

梦

DREAM

39.

第三曲结束，又有一名客人进入盥洗室，一边解手一边和艾克曼搭起话来。

　　"今晚舞台表演真是太精彩了。"

　　"是吗？谢谢。"

　　"最近我的女儿总是很晚回家。"

　　"那可得好好注意。"

　　"现在外面的坏朋友实在太多了。"

　　"你说得一点不错。"

　　"不过，一来到这儿，我就松了口气。"

　　"那就好，我听了也为你感到高兴。"

　　"我总觉得自己好像已经在这儿呆了好几年。"

　　"这也是作为经营者的初衷嘛……"

　　这番对话过后，那位客人眼圈红红地走出了盥洗室。艾克曼望着我道："你点的歌已经唱完，请回到酒吧座位上去吧，我在这儿也已经抽了两支烟。"

我道:"现在我也想抽烟了,我留下抽完一支烟就回去。"

"说什么呢,爵士吧里又不禁烟。不要在这儿磨蹭了。我是因为办公室禁烟才到这儿抽烟的。难道你不想回爵士吧了?或者当我说的是假话?"

这时,我突然感到醉意又袭上心头。合着脉搏的跳动,太阳穴一阵难言的疼痛,接着又感到口中发黏,胃部沉重,难受的感觉向身体内部扩散开去。

"你的脸色怎么这样难看?是不是把我说的话当了真,人才一下子不舒服的?你们日本人真是一点也不懂开玩笑。这儿是饭店地下室的会员制爵士俱乐部,你大概忘了自己是走下楼梯来到这儿的吧?现在怎么样了?我现在对你说出这种一点也不好笑的事实,你的心情总该好些了吧?"

我的感觉依然不好,只觉得胃和其他器官从身子里往脚底下沉,又和什么脏东西一起往上涌到喉口。

艾克曼又道:"要我对你再说些更极端的话?比如我说自己是电视电影《V》[1]描写的从其他行星来的外星人,工作勤奋又感到有些疲乏的中年男子身上独有一种催眠神经的热情,我把这种热情收集起来,这样的假定怎么样?或者说我利用这个爵士俱乐部

1 指 1983 年至 1984 年在美国播出的电视电影,"V"在剧中同时指来访者(visitor)、胜利(victory)和受害者(victim)的首字母。

338

来实行自己的阴谋，你觉得怎么样？你现在感到好些了吗？好吧，我把真相告诉你。真相并不在于极端的假定和常识性的现实中间。我真的已经把这个爵士俱乐部的秘密全告诉了你，对此如何联想，如何探寻我说话背面的含意，那都是你以后的工作，明白吗？所谓的真实，只存在于你的想象之中，或者说就是想象本身。你可承认这一点？"

　　艾克曼最后说的话我已经听不到了，但那句"想象本身"在我的耳中回响了几百次。此时我突然被一个丑陋的情景所紧紧抓住：我全身的皮肤一下子朝外翻开，内脏暴露无遗，还彼此毫无牵连地纷纷掉落在盥洗室地上。紧接着我的眼前漆黑一团……

　　醒来时，我闻到了一种类似日本地铁厕所的气味。我突然发现自己正躺在那个后现代饭店高级客房的床上，整个身子紧紧裹在华丽的被褥之中。我拿起枕边的电话向总台打了个问询电话，对方告诉我，昨晚我醉倒在盥洗室地上，是三名侍者合力把我送回客房的。我又问那个同我在一起的音乐家现在何处，对方称他今天傍晚已经离开饭店。我接着问那个地下室的爵士俱乐部是否还在营业，对方说了声"您酒还没醒吗"，就挂上了电话。

　　我起床去浴室洗了个热水澡，又把满是污迹和酒味的衬衫裤子放入洗衣袋，换了一身新装，走出房外。这时已过半夜一点，我乘电梯下到底楼，发现那个后现代饭店的大堂餐厅依然还在。当然，里面已不会有音乐家的人影了。他是否真的离开饭店又返回伦敦了呢？这对我来说实在是个谜。只可惜我连他的全名、地址以及工作详情都没问过，也无从查找。

我进入餐厅，来到和音乐家喝过酒的桌边坐下，一个侍者走过来，他闭着一只眼睛，摇着头对我讪笑道："你不能再喝酒了。"

我道："那就来杯热牛奶和三明治吧。"

"好，这个完全可以。"那个侍者又笑了。

我大口地吃着三明治，嘴里嘀咕道："我真像连环画里的人物啊。"此时我想起了《爱丽丝梦游仙境》和《永不结束的故事》，感悟到这些连环画里的所有奇事通过自己的形象被具体化、故事化了。

仔细回想一下，我并没有触摸过那个音乐家以及艾克曼。即使有过触摸、抚摸，我也无法确认他们有无实体。难道是我精神出毛病了？如果真是如此，那么我在哪一阶段之前是正常的，又从哪一阶段开始是病态的呢？是见了音乐家以后?见了艾克曼以后?还是听了艾克曼的话以后？不，可能从听到那个爵士吧的故事起，我就出毛病了吧？我和音乐家一起听了两首歌曲，又透过盥洗室的门扉听了第三首歌曲的这个爵士吧，和那天我和青山那个朋友在迷乱中进入的爵士吧，真的是同一家爵士吧吗？此时，我仿佛听到了艾克曼说话的声音："那样的事难道不是怎么都行吗？"我不由独自苦笑起来。确实是怎么都行。但在那个爵士吧里体会到的并不是下半身和头脑都震动起来的愉悦，而是"事物并不像看上去那么糟"这样一种些许的放松感，就像职员杂志上的广告插页一样，可以在一瞬间让烦燥的心情平静下来。不过，大概是年纪大了，所以才那么想，其实要遇到真正能让人安逸的东西是非常困难的。

"你一个人呆呆地傻想着，怎么回事？"穿黑制服的侍者问道。

"哦，我在想也许我一直在做梦。"我答道。

"那不是很棒吗？"侍者拍拍我的肩膀。

　　　　不要梦做个没完，

　　　　忧郁的时候尤须留意。

　　　　而我却沉醉梦境，

　　　　是幻是真难以分辨。

　　　　当我无聊地吸着香烟，

　　　　吐出的烟圈在房内漂浮之时，

　　　　你应该看到我正陷于痛苦的回忆。

　　　　所以我认为自己需要做梦。

　　　　即使每天都做也不过分，

　　　　所以你的梦，

　　　　必然会持续伴随一生，

梦中的事物，

也不会带来坏心情。

所以，

请继续做梦吧，

至少我

是那样的嗜梦⋯⋯

偶尔回顾过去，常会想起那些发生在身边的人物、事物和音乐。对我来说，爵士乐就是这样的一种东西。每当我感到郁闷或倦怠的时候，我常会觉得爵士乐就在自己的身边。就好像想起莫扎特的音乐，会在不知不觉给我留下令人伤感、寂寞的余韵，而想起那强烈的摇滚乐，就会感到自己有着不可推卸的责任那样的奇妙关系。

　　爵士乐，温柔体贴。

　　它那种温柔体贴就像是一个情人，就算我一时放下它，它也会念着我、陪着我。

　　仔细想来，这样的感觉从别处无法获得。

　　那些爵士乐的经典歌曲给人一种"我总是等着你哦"的舒适温馨感，但不用我说，爵士乐给人的舒适温馨感恰恰是它的"强势"所在。

　　这就是所谓"好的美国"，也就是那些移民和流亡者共享共乐的最大公约数。就像是在美军基地的商店街上买到的巧克力那样，总是那样甜蜜，令人难以割舍。

我从虚幻的爵士吧这一概念出发，用了多达四十首经典歌曲，力图表现一种失去的温馨感。从歌词的翻译上来说，我深深迷恋着原版歌曲，就算对其中两三首歌的词义稍作变动，也是我对那些歌曲表达的倾慕之情，望能理解。

村上龙

1991 年 2 月 27 日

KOI WA ITSUMO MICHI NA MONO

by MURAKAMI Ryu

Copyright ⓒ 1991 MURAKAMI Ryu

All rights reserved.

Originally published in Japan.

Chinese (in simplified character only) translation rights arranged with

MURAKAMI Ryu，Japan

through THE SAKAI AGENCY and BARDON-CHINESE MEDIA AGENCY.

图字：09 - 2004 - 474 号

图书在版编目(CIP)数据

恋爱永远是未知的/(日)村上龙著；徐明中译
. —上海：上海译文出版社，2020.10
（村上龙作品集）
ISBN 978 - 7 - 5327 - 8571 - 1

Ⅰ.①恋… Ⅱ.①村…②徐… Ⅲ.①长篇小说一日
本一现代 Ⅳ.①I313.45

中国版本图书馆 CIP 数据核字(2020)第 162187 号

恋爱永远是未知的

[日]村上龙 著 徐明中 译

责任编辑/吴洁静 装帧设计/山川制本 插画师/木内达朗

上海译文出版社有限公司出版、发行

网址：www. yiwen. com. cn

200001 上海福建中路 193 号

江阴金马印刷有限公司印刷

开本 787×1092 1/32 印张 11 插页 5 字数 100,000
2020 年 11 月第 1 版 2020 年 11 月第 1 次印刷
印数：00,001—10,000 册

ISBN 978 - 7 - 5327 - 8571 - 1/I · 5280
定价：52. 00 元